D1038891

Todo ángel es terrible

Seix Barral Biblioteca Formentor

Susanna Tamaro

Todo ángel es terrible

Traducción del italiano por
Guadalupe Ramírez

Obra editada en colaboración con Editorial Seix Barral – España

Diseño original de la colección: Josep Bagà Associats

Título original: *Ogni angelo è tremendo*

Bajo el sello editorial SEIX BARRAL M.R.
Avenida Presidente Masarik núm. 111, 2o. piso
Colonia Chapultepec Morales
C.P. 11570, México, D.F.
www.editorialplaneta.com.mx

Primera edición impresa en España: mayo de 2013
ISBN: 978-84-322-1575-9

Primera edición impresa en México: agosto de 2013
ISBN: 978-607-07-1808-3

También disponible en e-book

Impreso en los talleres de Litográfica Ingramex, S.A. de C.V.
Centeno núm. 162, colonia Granjas Esmeralda, México, D.F.
Impreso en México – *Printed in Mexico*

Alabad a Yahvé desde la tierra,
monstruos marinos y todos los océanos.

Salmo 148, 7

Ein jeder Engel ist schrecklich.

R. M. Rilke

1

Nací en uno de los días con menos luz del año, en el corazón más profundo de la noche.

Arreciaba la bora.

Una bora oscura cargada de nieve y hielo. Ese viento aún azotaba cuando salí del sanatorio. La empinada cuesta que nos conducía a casa estaba totalmente intransitable, así que llegué a mi destino gracias a que mis padres pudieron mantener un precario equilibrio.

El viento los agredía por la espalda, empujándolos hacia delante, con las ráfagas repentinas y feroces propias de la bora, mientras el hielo convertía cada uno de sus pasos en un milagro de habilidad.

Mis tres kilos y poco más de ser humano, envueltos como un rollito de crema en una manta blanca, rosa y celeste hecha por mi madre fueron finalmente puestos a salvo.

Pocas cosas me fascinan más que los recién nacidos. Cada vez que veo a uno no puedo evitar mirarlo con atención y preguntarle: ¿Quién eres? ¿De dónde vienes? ¿Qué misterio se oculta en esos ojos tuyos que todavía no ven?

No, quizás sería mejor decir que ven otras cosas.

Nueve meses en el vientre de la madre, pero antes de ese vientre está la historia de sus padres, de sus abuelos y de sus bisabuelos. Y la historia de sus padres y progenitores es la historia de sus elecciones, de sus conquistas y de sus errores, de la mezquindad y de la grandeza. En sus pequeñas vicisitudes se inserta la Historia más grande, en la que, aunque no quieras, terminas involucrado y con frecuencia también destrozado. E Historia, muchas veces, significa guerra y por lo tanto odio, violencia, muerte: dolores que se transmiten, de manera sutil, de generación en generación.

Todo niño que nace viene al mundo con la espalda curvada, como la de Atlante. Sólo que, en lugar del mundo, sostiene páginas y páginas de historias —de historias y de Historia—, y son precisamente esas páginas las que hacen que sus ojos parezcan tan cansados, tan lejanos, en sus primeros días.

Sólo algunos padres especialmente ingenuos y optimistas pueden creer que un recién nacido es una tabla rasa, un bloque de arcilla que lograrán transformar, con su amor y su buena voluntad, en el ser de sus sueños. Deberíamos ser un poco menos confiados y darnos cuenta de que esas manitas, en realidad, encierran un largo pergamino enrollado y que, si el padre y la madre tuvieran el valor de abrirlo, verían que ahí ya está trazado, a grandes rasgos, el destino del ser que acaban de traer al mundo.

¿Dónde se nace?

¿De quién se nace?

¿Cuándo se nace?

¿No encierran estas tres preguntas uno de los grandes misterios que envuelve nuestra vida?

De hecho, se puede venir a este mundo en una villa sobre el Aventino o en una barraca de Nairobi. Se puede nacer de padres amorosos o alcoholizados, o simplemente distraídos o devotos amantes de la crueldad. Se puede ser abandonado en un contenedor de basura y morir así, entre plásticos sucios y desperdicios putrefactos, o ser ya herederos, desde el nacimiento, de un imperio económico. Se puede tener un padre y una madre, o sólo una madre, puede que herida, de pocas luces o, simplemente, incapaz de amar. Se puede nacer de un gran amor o de un coito torpe, en los lavabos de una discoteca, como se puede venir al mundo por una violación.

¿Y cuándo se nace?

Si se tiene la desventura de hacerlo en medio de una guerra, el miedo será lo que respiraremos. En cambio, si se viene al mundo de noche, en una patera de emigrantes, el riesgo es el de morir inmediatamente, arrojado a los peces. Se puede nacer en una maravillosa mañana de mayo, cuando los rosales están en flor y el perfume del aire es un himno a la vida, o se puede venir al mundo en una noche de tempestad, con un viento que lo destroza y lo arranca todo, como una mano helada desprovista de pudor.

No es una canción de cuna sino un aullido lo que te acoge, y ese aullido es nuevo y a la vez atávico. Te recuerda la historia de los albores del mundo, lo ancestral que de todas formas está dentro de ti. Sabes que eres una nada dispersa en una inmensidad y esa inmensidad es ciega, prepotente, siempre dispuesta a devorarte y a olvidarte después.

Confías entonces en tus padres, en la mantita que te envuelve, en los pasos que por unos instantes te parecen seguros.

Esa confianza es tu única ancla.

Creerás en ella incluso muchos años después, cuando la realidad te haya demostrado exactamente lo contrario. Debes creer en ella, no puedes hacer otra cosa, porque las raíces de tu sentido se hunden en el suelo de tus padres. De cualquier modo, ellos son la razón por la que tú existes.

¿Por qué motivo no deberían protegerte?

La primera casa de mi vida se encontraba en un edificio de cemento armado, cuadrado y carente de cualquier ornamentación. Se había construido deprisa, justo después de la guerra, sobre las ruinas de otro edificio destruido por las bombas —o sea, sobre una vorágine de desesperación y muerte—, y muy pronto había sido ocupado por matrimonios jóvenes. A su alrededor había edificios mucho más viejos, jardines que descendían y, desde el balcón de la cocina, se podía ver el mar.

Mis padres eran jóvenes, como muchos padres y madres después de la guerra. Reconstruir casas y traer hijos al mundo era el imperativo casi biológico de aquellos años.

Con el último bombardeo mi madre perdió la villa donde nació y, con la villa, su amado perrito. Y a mi padre los alemanes lo apresaron aún adolescente y lo llevaron a un campo de trabajo.

Sin embargo, todo eso quedaba atrás, y allí debía permanecer. Ante ellos se abrían los espléndidos días del *boom* económico. Estaba a punto de aparecer la televisión, algunos vecinos ya tenían lavadora. En la radio, una alegre voz cantaba *Casetta in Canada* y el carbón para la estufa llegaba en un carro tirado por un caballo.

La ocupación americana, terminada hacía apenas tres

años, había dejado en la ciudad una desenfrenada pasión por el jazz.

Al apartamento en el que vivíamos le daba el sol constantemente, y en verano, cuando la cocina y las habitaciones eran como hornos, mi madre sombreaba el balcón mediante pesados toldos verdes. Así, la casa parecía flotar en la luminosidad de un acuario y nosotros, ahí en medio, nadábamos como peces estupefactos.

¡Luz!

Tal vez fue la razón que llevó a mis padres a escoger aquel apartamento tan poco atractivo.

Luz y vida iban a la par. La luz lo evidenciaba todo, los hijos eran un arpón lanzado al futuro.

Luz, porque a la espalda sólo había oscuridad.

Escribo «oscuridad» pero me doy cuenta enseguida de que la palabra es inexacta. En la oscuridad se puede encender una lámpara, en la oscuridad pueden, imprevistas y benévolas, aparecer las estrellas.

No era oscuridad, sino tinieblas lo que habían dejado atrás. Guerra, masacre, muerte, exterminio. Todo esto estaba comprendido en el espacio y el tiempo encerrados en torno a sus días.

A un kilómetro de nuestra casa surgían los muros todavía calientes de la Risiera de San Sabba, la arrocería que fue el único campo de exterminio nazi en Italia, mientras que de las alturas en torno a la ciudad seguían bajando hombres que habían subido para recuperar los cuerpos abandonados en las hendiduras del terreno tras la ocupación yugoslava. Las letras «US» —*uscita di sicurezza*— eran todavía visibles en muchos edificios e indicaban la dirección a seguir para ponerse a salvo durante los bombardeos.

La salida de seguridad era, entonces, una vida «americana» que parecía abrirse ante ellos, una vida toda hecha de P —progreso, paz, prosperidad—. Salida de seguridad de sus miedos, de su fragilidad, de todo lo que habían vivido y no habrían querido vivir.

Hasta aquel momento, la Historia, con H mayúscula, se había impuesto. A partir de entonces, estaban convencidos, sería su pequeña Historia la que vencería a la Gran Historia.

La historia de la normalidad, de la vida que sigue adelante y que, con su banal discurrir, arrincona las tinieblas volviéndolas inofensivas.

Mis padres eran jóvenes y tremendamente ingenuos. Jamás les asaltó la sospecha de que un hijo, más que un arpón lanzado hacia el futuro, podía convertirse en un ancla que, una vez levada, arrastra consigo los males de las profundidades del pasado. Nunca tuvieron tiempo de verdad para observar los ojos de un recién nacido.

No vieron los míos, grandes, muy abiertos, interrogantes.

No prestaron atención a mis orejas de soplillo, siempre atentas, siempre a la escucha. Orejas antena, orejas radar, capaces de percibir hasta el más sutil crujido del mundo.

2

Desde hace algún tiempo, cuando oigo hablar de literatura siento un extraño malestar.

En los últimos veinte años, en el mundo editorial, se han producido cambios extraordinarios. Las escuelas de escritura creativa —nacidas a principios del siglo pasado en Estados Unidos como asignaturas de una carrera universitaria— se han extendido como una mancha de aceite también en Italia. Numerosas personas las han frecuentado últimamente y han obtenido a menudo un notable beneficio, de la misma manera que han obtenido beneficio los editores, los cuales, en lugar de verse invadidos por delirios solipsistas gramaticalmente incorrectos, se han encontrado con interesantes tramas, cargadas de suspense y golpes de efecto finales que hacen que un libro sea comercial.

La única vez que me invitaron a dar una clase en una de estas escuelas rechacé amablemente la invitación. Nadie me ha enseñado a escribir, por lo tanto no sería capaz de disertar con los alumnos de la manera en que probablemente ellos esperarían. Aunque haya publicado veinte libros, la escritura sigue siendo para mí un hecho absolutamente misterioso.

Durante los primeros años de mi vida editorial, he dicho frecuentemente en las entrevistas que el que acababa de publicar sería mi último libro. No era una ocurrencia, sino una certeza en ese momento. Por la misma razón, no he aceptado nunca contrato alguno para un libro futuro, ninguna cláusula, ninguna opción.

Para mí, cada libro era el último.

Era el último porque, escrutando el horizonte, no entreveía nada, puede que por el cansancio y la postración que sentía después de redactarlo, o porque —tras su aparición y difusión— cada libro tenía a su alrededor el aura de un milagro. Y un milagro, ya se sabe, no se cumple por encargo.

Ahora ya no lo digo, me he desmentido demasiadas veces. Sin embargo, sigo manteniendo la idea, como un presagio. Un presagio, pero también un imperativo ético. En el momento en que me diera cuenta de que escribir se ha convertido en una rutina, en un oficio más, alumbrado únicamente por la técnica y por el sentido común, dejaría de hacerlo. Por la misma razón, sólo una vez he aceptado escribir un cuento por encargo, para arrepentirme inmediatamente después. No sé escribir por encargo, no me divierte, no me excita, no me satisface. Tengo mil cosas que hacer más interesantes que escribir sobre argumentos escogidos por otros.

Nunca he considerado la escritura como un entretenimiento, una profesión, como una cosa que se puede hacer entre tantas otras, como tampoco he pensado nunca que escribir bien, escribir limpiamente y con propiedad sea el preludio de la verdadera escritura.

La verdadera escritura se encuentra en otro lugar, en las profundidades, en el núcleo de fuego de la tierra, en el corazón en tinieblas del hombre. Procede y se mantiene en equilibrio entre esos dos extremos. Por eso cansa, agota, daña la salud.

Por eso no enseño, no aconsejo.

Es más, en cuanto puedo, desaconsejo.

En la primera casa en que viví había ya un niño tres años mayor que yo: mi hermano. Para placar sus furibundos celos le regalé una bonita camioneta roja. «¡Mira lo que te ha traído tu hermanita!» En realidad fue un inesperado ardid psicológico de mis padres. Pero esa camioneta sirvió de poco.

La primera foto de los dos juntos —yo encima de la cama con la manta rosa, blanca y celeste, y él a mi lado con una expresión perpleja y las manos tendidas hacia mi cuello— es poco tranquilizadora.

Su reinado como varón primogénito —era también el mayor de todos los nietos— se había acabado. Además, no podíamos ser más diferentes. Parecíamos adoptados en dos orfelinatos de países distintos. Él podía ser perfectamente un niño turco, mientras que yo, la típica hija de los Balcanes. Incluso ahora, cuando paseamos juntos, resulta difícil imaginar una consanguinidad tan estrecha.

Aparte de la camioneta, mi llegada no le trajo ninguna otra cosa buena. En efecto, poco tiempo después nuestros padres empezaron a comprender que no estaban hechos el uno para el otro y la casita en Canadá, «Con un estanque y flores las más lindas que hay allá», se desvaneció rápidamente.

En su lugar cayó el hielo.

Un hielo cortante, agudo, que hacía imposible incluso respirar.

El primer recuerdo que tengo es mi hermano cayéndose de la silla por un bofetón. Estaba en la trona y lo vi desaparecer. Todavía tengo presente la sensación de estupor y después, fulminante, la incertidumbre. En aquel momento creo que comprendí que cada paso podía ser en falso, cada respiración, equivocada.

Sobrevivir sería una obligación, una necesidad.

El segundo recuerdo tiene que ver con mis primeros pasos. Los di en el balcón de la cocina, largo y estrecho, protegido no por barrotes sino por un muro de cemento. No se podía ver nada pero se oían las sirenas. El brazo de mar sobre el que se asomaba la casa era el puerto industrial, desde allí los barcos de carga entraban y salían, y cada vez sonaba la sirena. Los astilleros también hacían sonar una sirena para indicar los turnos de trabajo.

Ese sonido —UUUUUUU— repetido tan a menudo me transmitía una inquietante tristeza.

Alguien sufría, seguro, pero ¿quién? ¿Quién podía ser tan grande como para gritar de aquella manera?

Si el mundo de mi casa era más bien amenazante, el de fuera no parecía ciertamente mejor.

Dormía en la misma habitación que mi hermano y así, cuando aprendí a hablar, él fue el primer testigo de mi locura. Era mi ídolo, mi mito y, dado que el interés de nuestros padres por nosotros había decaído, era también la única persona mayor que yo a la que podía dirigirme.

El tormento empezaba en cuanto se apagaba la luz de la habitación. En ese momento, desde mi cama, se elevaba mi pequeña voz que lo llamaba y, cuando él respondía «¿Eh?», yo empezaba a disparar sin piedad la batería de preguntas.

Comenzaba a las nueve y podía seguir —mejor dicho, habría seguido— hasta muy tarde, si no fuera porque en un cierto momento uno de nuestros padres entraba gritando con voz terrible: «¡Silencio! ¡Basta!»

—¿Qué te preguntaba? —le dije a mi hermano hace tiempo.

—Cosas imposibles —me respondió.

—¿Como qué?

—Como quién ha hecho las estrellas, de dónde viene la luz, quién ha hecho el sol y, cuando desaparece, ¿adónde va? ¿Volverá siempre, cada mañana?

—¿Y tú qué respondías?

—Durante un rato fantaseaba; cuando me cansaba te decía: «¡No lo sé! ¡Duérmete!»

¡No lo sé, duérmete!

Ésta era la frase de todas mis noches.

Sólo que él se dormía y yo no.

3

El insomnio ha sido el compañero fiel de gran parte de mi vida. A lo mejor por eso tengo más recuerdos nocturnos que diurnos de mi primera infancia.

Todavía ahora podría describir cada instante de mis noches como una retransmisión radiofónica de un partido de fútbol. El momento de ir a la cama, después de «Carosello»;* el beso de las buenas noches —aquel beso que debía ser un escudo, una poción mágica contra el terror que, al cabo de poco tiempo, tendría que afrontar—, y la acostumbrada pregunta retórica que le hacía a mi madre: «Dormiré, ¿verdad?», y su igualmente retórica afirmación: «¡Claro que dormirás!» La luz que se apagaba y después, durante algunas horas, los tranquilizadores ruidos de la casa: la radio primero, la televisión después. A cierta hora, aquellas voces empezaban a debilitarse y daban paso a la secuencia de ruidos higiénicos: grifos, cisternas y el último pipí del inquilino del piso de arriba, que clausuraba el baile.

* Espacio publicitario de la televisión italiana de aquellos años. *(N. de la t.)*

Sólo entonces comenzaba el horror de la noche. El ruido de los coches cada vez menos frecuentes, el jadeo del trolebús que abría las puertas con un resoplido debajo de mi ventana para alejarse después hacia la terminal.

Más tarde también el autobús acababa su trayecto y se iniciaba el tiempo suspendido, el tiempo vacío. El tiempo del terror y de la claustrofobia, el tiempo de los crujidos y de los susurros, de las voces y de los monstruos, de sus risas sádicas, que resonaban en la habitación.

Mientras dormía con mi hermano, de vez en cuando aventuraba un «¿Duermes?», pero su silencio era la más elocuente de las respuestas.

Una tarde, logré inventar un antídoto dibujando a lápiz en la pared pegada a mi cama un monstruo que no podía ser más monstruoso. Y el monstruo, dado que lo había creado yo, tenía una característica muy valiosa, era amigo mío, un golem a mi entera disposición. Sin embargo, cuando se lo enseñé a mi hermano, la respuesta fue digna de su concreción: «¿Dónde está? ¿Qué es? Sólo veo un garabato.»

La tragedia de la habitación vacía apareció a los cinco años, cuando cambiamos de casa. Se acabaron las preguntas, se acabó su tranquilizadora respiración de niño con vegetaciones. ¡Sola! Sola con el silencio. Sola con los monstruos. Sola con un alba que no llegaba nunca.

¡Qué alivio cuando la claridad empezaba a entrar por la ventana! Y, con la claridad, los pájaros se ponían a cantar en los árboles que rodeaban la casa: primero los mirlos, después los pájaros más pequeños. Cuando las tórtolas iniciaban sus tristísimos cantos, mi cuerpo por fin se relajaba. Por fin llegaba el momento de dormir.

Pero al cabo de una hora se presentaba la pesadilla de ir al colegio. En clase daba cabezadas, comprendía todavía menos de lo que solía comprender. Cuando mi madre iba a hablar con la maestra, ésta le reprochaba: «¡Su hija no debe ver la televisión hasta tan tarde!»

¿Era una niña deprimida?

Seguramente. En cuanto tenía un momento libre me tumbaba en el suelo de mi habitación y me ponía a llorar. Lloraba durante horas, sin límite, hasta la extenuación. Era una campeona del sollozo. Mis lloreras no tenían ningún motivo aparente y eso irritaba mucho a mi madre. «¿Por qué lloras?», me gritaba, y yo, sin parar, le respondía: «¡No lo sé!»

En realidad sabía perfectamente por qué lloraba. Lloraba porque las cosas se acaban, porque detrás de la luz acecha siempre la oscuridad. Lloraba porque la mantita me había hecho soñar con una cálida acogida y con el amor, y era duro despertar de las ilusiones. Lloraba porque mi cabeza estallaba de preguntas y no había nadie a quien pudiera dirigirlas. Lloraba por el pozo de dolorosa soledad en que había caído. Lloraba porque todos se esperaban que yo fuera una niña buena y normal, y yo no era capaz de serlo.

Si fuera una niña hoy en día, probablemente me llevarían a un psicólogo que me hablaría horas y horas con voz pausada. Interactuaría con muñecos y, de la observación de mis acciones, afloraría seguramente la causa de tanto malestar. Haría muchísimas sesiones terapéuticas, a lo mejor me darían unas pastillitas para asegurar el resultado y, al final, me convertiría en lo que todos esperaban que fuera: una niña que duerme cuando debe dormir y que habla cuando debe hablar, sociable en la justa medida, obediente en la justa medida.

En definitiva, una niña comprensible.

Pero, en aquellos tiempos, no se solía dar tanta importancia a los críos. Si había problemas, éstos se resolverían con el tiempo. Lo único importante era ser obedientes. Y si el tiempo no resolvía los problemas, ya se encargaría de ello la selección natural. El pedagogo que inspiraba a mi padre, de hecho, era Darwin: para él sólo los fuertes y los aptos eran dignos de sobrevivir. Las piezas de arcilla entre otras de metal no le interesaban, se extinguirían solas. En cambio, la visión de mi madre se aproximaba más a la de un domador de bestias feroces o de monos muy caprichosos. Ante todo, había que domar a los niños, y para hacerlo cualquier sistema era válido, con excepción del de la golosina como premio. De hecho, la golosina, como cualquier otra forma de gratificación, podía confundirse con debilidad y desatar resistencias inadecuadas.

Con este sistema, tanto mi hermano como yo nos convertimos en poco tiempo en hábiles lectores del pensamiento. Siempre en guardia, siempre dispuestos a obedecer, incluso antes de que la orden se manifestara en palabras.

Naturalmente, desde este criterio educador, no cabía la posibilidad de malestar o enfermedad. Cualquier dolor, cualquier queja se catalogaba en la lista de «inoportunas reclamaciones de atención» y, como tales, eran ignoradas.

Quizá por ello, alrededor de los tres años, estuve a punto de tener una peritonitis. Afortunadamente, en aquel período, el pretendiente más asiduo de mi madre era un pediatra y él fue quien se dio cuenta de que ese llanto continuo no era una astuta estrategia para conseguir una caricia o un beso, sino algo muy serio que afectaba mi barriga. Todavía recuerdo perfectamente la expresión repentina de miedo y preocupación de mi madre. De golpe, estaba, estaba allí y, sobre todo, me veía.

Recuerdo el trayecto en coche, los árboles que desfilaban amenazadores, la entrada al quirófano y una mascarilla negra de goma con un tubo que me pusieron sobre la cara. Una peste tremenda y después nada más.

¡Silencio, oscuridad y finalmente el sueño!

Y gracias también a aquel pediatra aparecieron en mi mesilla de noche unas pastillas de color naranja y unos polvos efervescentes blancos. ¡Las pociones mágicas que esperaba desde hacía tiempo! Bastaba con ingerirlas para caer en pocos minutos en los brazos de Morfeo. Mi mano en el vaso de agua temblaba como la de los náufragos cuando aferran el primer coco. Rápido, a tragar las pastillas; rápido, a tragar los polvos. Gratitud por los párpados pesados de repente, por las cisternas cada vez más lejanas, por el autobús que llegaría y no me encontraría esperándolo porque, finalmente, como todos los demás, estaría en el mundo de los sueños.

¡Gracias, química! ¡Cuando nadie me cuidaba, tú lo hiciste! Gracias, bromuro, dulce compañero de mis noches y de mis días.

¿Por qué no dormía?

No dormía porque pensaba en la muerte. No había perdido todavía a ninguno de mis abuelos pero no pensaba en otra cosa. Pensaba en la muerte de mis padres, en la mía, en la de los animales y las plantas. Pensaba que también el sol, un día, podría morir.

Durante la noche, la bora hacía temblar la cortina de la habitación: un fantasma grande y blanco que danzaba sólo para mí. Pero no era una danza benévola porque entre sus pliegues se escondían esqueletos. Ellos también bailaban como locos, alegres. Podía oír el ruido rítmico de sus mandíbulas, el rechinar de las rótulas y de las clavículas. «¡Serás nuestra, serás nuestra!», cantaban, moviendo las caderas y los brazos.

En la segunda mitad de la noche, cuando la bora se ponía a hostigar con su aullido, aparecían los lobos. Estaban quietos, al acecho, con las fauces bien abiertas, los dientes brillando como diamantes y la gran lengua roja colgando. Esperaban y jadeaban. Un instante de distracción y los tendría encima.

Con el tiempo aprendí a aplicar pequeños antídotos para que permanecieran lejos. Contaba cuántos calcetines había en un cajón. Y como no estaba nunca segura de recordar el color, la cantidad y dónde los había puesto, me levantaba continuamente para controlarlos. Otras veces decía palabras al revés, tocaba o no tocaba determinados objetos; caminaba o no por ciertos lugares, con la esperanza de que aquellos rituales pudieran mantener alejados de mí esos ojos siniestramente centelleantes.

Yo podía detener los esqueletos y los lobos, pero no tenía ningún poder sobre el viento.

—¿De dónde viene? —le pregunté un día a mi hermano.

—De la estepa —me respondió.

—¿Nadie lo puede parar?

—Nadie.

Hacía poco que me habían contado el cuento de los tres cerditos y el «soplaré, soplaré y tu casa destruiré» me resultó tristemente familiar porque estaba claro que la bora no pretendía otra cosa.

Quería arrancar, desenterrar, destruir.

Aunque al principio venía como un viento ligero que apenas alzaba las cortinas y refrescaba los tobillos, al cabo de poco mostraba su verdadera faz, haciendo temblar la ventana y la cama. Temblaban hasta los cimientos. Yo sentía realmente el balanceo de la casa, como un barco a la merced de las olas, hacia la derecha, hacia la izquierda. Se balanceaba y oscilaba, oscilaba y se balanceaba. Por eso me agarraba a la cama como si fuera un bote salvavidas. Si la casa cedía, la manta y el colchón serían mi salvación. Podría volar lejos hacia otros mundos, como si tuviera una alfombra mágica.

La bora me asustaba porque tenía muchas voces, y ninguna era buena. Me daba miedo porque, durante esos días, los voltios que había en mi cabeza, que ya eran muchos, aumentaban vertiginosamente. Si hubiera podido darme un nombre a mí misma, me habría llamado Electra.

4

No es lo mismo nacer en Capri que nacer en Trieste.

En Capri habría encontrado, antes o después, alguna tía cariñosa capaz de ocuparse de nosotros, un primo simpático que nos llevaría de excursión en barca, una abuela que ahuyentaría nuestra tristeza con empanadas recién sacadas del horno.

En Capri habría contemplado la dulzura del mar, me embriagarían las flores de los limoneros y los jazmines, acompañaría a mi madre al mercado y vería que la vida era una aventura llena de color y ruido, una aventura alegre, sencilla, que valía la pena vivir.

En Trieste no.

Trieste, en aquellos años, era una ciudad oscura, siniestra, llena de humo.

El humo de los trenes que cruzaban lentos las orillas en dirección a la estación de Campo Marzio.

El humo de los altos hornos que todavía ahora se cierne como un hongo nuclear sobre una parte de la ciudad.

El humo de las calefacciones, la mayoría alimentadas con carbón.

Y el humo de la Historia.

El humo del odio racial, del odio étnico.

El humo de los barcos de prófugos que llegaban de Istria y de Dalmacia.

El humo de millones de vidas sacrificadas para reincorporar nuestra ciudad a Italia durante la Primera Guerra Mundial. Trento y Trieste. Cuántas veces me han preguntado: «Están cerca la una de la otra, ¿verdad?»

El humo del comunismo que, desde allí hasta Vladivostok, llevábamos a cuestas.

El humo de la desilusión, porque ya entonces empezaba a quedar claro que el regreso a la Madre Patria, en el fondo, había sido un gran engaño.

Y todos esos humos no estallaban en manifestaciones externas, como tal vez sucedería en Capri, sino que implosionaban, se transformaban en veneno frío. Y ese veneno, junto con la sangre, fluía por las venas.

Yo también respiraba aquellos humos silenciosos.

A través de los poros, las sustancias tóxicas entraban dentro de mí. Absorbía arsénico, cianuro, radón, amianto. Desde los primeros años, sin que me diera cuenta, se habían depositado en mi linfa, habían pasado a mi sangre y, de mi sangre, se habían expandido rápidamente por todas partes. El veneno ardía dentro de mí.

De día disfrutaba de las aficiones infantiles normales, como es natural. Bajaba al patio con mi hermano a jugar con los niños del edificio, siempre como mascota o como figurante. De todas formas estaba contenta de ser admitida en el mundo de los mayores.

Lo que más les gustaba era jugar a indios y vaqueros, y mi papel, sobra decirlo, era el de hacer de muerto. «Ahora tú te mueres», me decían, y yo, dócil, me tumbaba en el suelo. O me disparaban remedando con la mano una pistola y entonces tenía que derrumbarme de golpe. En la segunda variante me ataban a un palo y me atravesaban las flechas de los indios al grito de: «¡Muere, perro!»

En las primeras muertes, cuando todavía no era profesional, me preguntaba tímidamente: «Pero ¿resucitaré después?» Temía que la ficción pudiera convertirse en realidad. ¿Quién podía afirmar que fingía y que no se me confundiría con una verdadera muerta? A lo mejor era posible pasar de un estado a otro, por equivocación, sin darse cuenta. Así que moría siempre con un ojo entornado, preparada para gritar, si era necesario: «No estoy dormida, no estoy muerta, estoy despierta. ¡Sólo estoy jugando!»

Durante aquellas prolongadas muertes aparentes, me preguntaba: «¿Cuántas veces se puede morir en la vida? ¿Una sola o muchas?» Y esta pregunta estaba ligada a una más crucial. ¿Dónde estaba antes de venir a este mundo? ¿Dónde, o quién, o cuándo...?

Aunque sabía que había nacido en una noche de tempestad, no podía evitar creer que algo diferente vibraba detrás de aquel hecho. Era un poco como si observara el pasado con un caleidoscopio; detrás de un plano había otro, de colores brillantes. Con sólo sacudir el tubo, ese plano caía y aparecía uno diferente, de incomparable belleza. Además, girándolo, el paisaje luminoso cambiaba de nuevo, presentando un panorama antes difícil de intuir.

¿Cuántas vidas existen detrás de una vida?, me preguntaba entonces.

¿Eran aquéllos verdaderamente mis padres o los figurantes de una nueva representación?

Y si se trataba de una representación, ¿cuál sería mi papel en ese escenario?

¿Y después de esa representación habría otras?

Un día estaría muerta, me harían un funeral y mientras todos —pocos— lloraban, yo me despertaría en otro sitio, en otra cuna. A lo mejor en una cuna de juncos bajo las palmeras de una isla tropical, con unos padres de ojos almendrados que me sonreirían siempre. Y yo también les sonreiría, respondería a mi nuevo e impronunciable nombre y aprendería a caminar en la playa y a recoger conchas.

De vez en cuando, por la noche, me despertaría sobresaltada porque algo horrible entraba en mi corazón, en mi mente. Un silbido, mejor dicho, un aullido. El aullido de un viento feroz. Un viento con nieve y hielo, cabezas de lobos, brujas, adultos que no sonríen y no me cogen en brazos. Me despertaría gritando, sudada, y mis padres de entonces acudirían a consolarme. «Ya ha pasado todo», me dirían, y me darían un beso en la frente con sus frescos labios.

La idea de que aquello era sólo una de tantas existencias, de alguna manera me tranquilizaba. Si la vida no era muy distinta a una lotería, no quedaba más que tener un poco de paciencia y esperar el nuevo sorteo. Estaba convencida de que esta verdad resultaba clara para todos.

«¿Dónde vivías antes?», le pregunté un día a una compañera de primaria. «He vivido siempre en Trieste.» «No, quiero decir antes —insistí tontamente—. ¡En la otra casa, con los otros padres!» En lugar de responderme, se puso de nuevo a borrar con obstinación su hoja.

¡Borrar!

Eso es lo que precisamente debería haber hecho yo con la enorme cantidad de cosas que tenía en la cabeza.

Empezaba a comprender que existía un mundo en mi mente y otro fuera, y que esos dos mundos rara vez tenían la feliz idea de coincidir.

Con la entrada en la vida pública —guardería y después colegio— se hizo evidente para todos que ser sociable no formaba parte del programa de mi vida. Vivía sumergida en mis pensamientos y me resultaban incomprensibles las leyes no escritas de la sociedad. Las de las niñas me parecían especialmente irritantes. El mundo que tenían como referencia era el de las hadas y príncipes, de las burlas y engaños, de las pequeñas maldades cuchicheadas por detrás. Esa realidad no me concernía en modo alguno, siempre percibía en ellas alguna cosa superflua, superficial y falsa. Tan feliz era de hacer de india en los juegos del patio preparando bolas de barro en el tipi de los jefes de la tribu, como desgraciada cuando, en párvulos, se me confiaba el papel de señorita.

Me gustaban los juegos de los niños porque en ellos estaba siempre presente la muerte. Y la muerte, ya entonces, me parecía la única garantía de la verdad.

Aparte de la muerte, en ese período me apasionaban las figurillas de los quesitos Mio. Eran pequeñas imágenes tridimensionales y si las movías un poco veías aparecer una segunda figura detrás de la primera. Tenía un par de ellas y las guardaba como un tesoro.

O sea, que era verdad, detrás de una realidad se ocultaba siempre otra, y esta idea me confortaba.

Se remonta también a aquella época el sueño de aprender a volar. Como tenía una naturaleza obsesiva, me ejercitaba cada día. Corría en el patio hasta que me estallaba el corazón y, cuando la velocidad era bastante elevada, me ponía a aletear con los brazos. Después, en el momento justo, como si fuera el tren de aterrizaje de un avión, intentaba levantar los pies.

Mi hermano era a menudo el testigo de mis intentos.

—¿He volado? —preguntaba esperanzada al final.

—Sí. Me parece que un poco, sí —me respondía, generoso.

5

Volar, sí.

Volar, lejos, con los huesos huecos de repente, con saco aéreo en lugar de bronquios. Una mañana me asomaría por el balcón de cemento y desde allí, ante el estupor general —«¡Mira, quién lo hubiera dicho, ha aprendido a volar!»—, me lanzaría a describir grandes círculos de prueba por encima del patio. Después ascendería, muy arriba, hasta ver las casas de la ciudad pequeñas y regulares como los cubos de madera con los que solía jugar.

Desde lo alto decidiría adónde ir. Hacia el este, hacia las alturas de las que bajaba la bora, lo había excluido por motivos de seguridad. En cambio, el mar se presentaba como una alternativa atrayente. «Cuanto más hacia el sur vas, más calor hace —me dijo mi hermano—, y allí abajo está Estambul...»

¡Estambul! Sólo el nombre me hacía soñar.

Por desgracia, a pesar de mi empeño, mis progresos en levantar el vuelo eran modestos, así que, un día, retrasé la fecha de mi hazaña al año 2000.

—¿Crees que volaremos en el año 2000? —le pregunté a mi hermano.

—Claro que volaremos —me respondió—. Volaremos con el pensamiento. Nos sentaremos en nuestra barca y ella, con nosotros dentro, volará.

—¿Sin volante? ¿Sin nada?

—Sin volante, sin nada. Con el pensamiento, nada más.

Tras una pequeña pausa de reflexión, pregunté:

—Pero ¿en el 2000 estaré todavía viva?

—Por supuesto, tendrás cuarenta y tres años.

Ya, pero entonces, ¿cómo sobrevivir hasta el 2000?

Entre tanto, mis padres se fueron convenciendo de que no estaban hechos el uno para el otro.

La presencia de mi padre se había hecho esporádica, estaba y no estaba, y no había ninguna explicación cuando no estaba. Tampoco es que cambiaran mucho las cosas, porque cuando estaba, de todas formas, permanecía en silencio. Se quedaba siempre sentado en un sillón con las gafas de sol puestas mirando al vacío. Mi madre también miraba al vacío con gafas oscuras desde otro sillón. Un día sus ojos enfermaron y en lugar de las gafas de sol llevaba una venda oscura, como los piratas.

Nosotros tratábamos de no existir.

No hacer ruido, no hablar, no molestar, no tener caprichos tontos.

Creo que mi padre sentía una aversión casi física por los niños, seres débiles, insignificantes, sobre todo irritantes. Cuando recordaba que había engendrado a dos, estallaba en repentinos ataques de ira. Caminábamos de puntillas, conteniendo la respiración. Por suerte, mi hermano era experto en conducir la alfombra de la entrada. Él se sentaba delante, yo detrás, y sobre aquella alfombra, íbamos muy lejos. Alfombra barco, alfombra tren, alfombra voladora, capaz de transportarnos a Estambul en un instante.

Eliminada la idea de ser una familia, mis padres trataban de imaginar nuevas direcciones hacia las cuales dirigir sus vidas. Era como si nuestra casa se hubiera transformado en una terminal de autobuses. Subían a un medio de transporte, se apeaban de otro, a veces solos, otras en compañía, víctimas de sus ansias de exploración. De vez en cuando se encontraban en la entrada para cambiar de equipaje. Tenían siempre una expresión triste, tensa. En todo ese ir y venir se olvidaron de dos paquetes que les pertenecían.

Esos paquetes éramos nosotros.

Estábamos ahí, en la acera, esperando una señal, un gesto, un silbido, a alguien que nos dirigiera la palabra, que nos colgara un cartel del cuello donde estuviera escrito nuestro destino.

Precisamente mientras estábamos a la espera de alguien que nos indicara el camino, en nuestra vida apareció Gianna.

Gianna venía por las tardes, de tres y media a siete, y nos cuidaba. Ahora se llamaría *baby-sitter* pero entonces, en Trieste, se llamaba «señorita», por la traducción literal del alemán *Fräulein*. Se quedó con nosotros desde mis tres hasta mis siete años y, más que una señorita fue como una balsa. De la alfombra voladora de la entrada, saltamos directamente sobre ella, y en ella nos asentamos aferrándonos resistentes garras como las del oso perezoso.

Gianna era joven, buena, afectuosa.

En lugar de tratarnos como a unos monos astutos y rebeldes, nos trataba como a unos niños a los que querer. Ya adulta, he pensado con frecuencia que quizá, gracias a su presencia, mi hermano y yo no hemos muerto en edad temprana en el baño de un barrio degradado con una aguja clavada en las venas.

Ella fue el Virgilio con quien atravesábamos la ciudad a lo largo y a lo ancho. Salíamos con cualquier tiempo. El niño darwiniano debía ser absolutamente indiferente a las variaciones meteorológicas. Abandonábamos el edificio de cemento —en pleno verano con sandalias y camiseta; en invierno, con la bora soplando a más de cien kilómetros por hora, llevábamos nuestros viejos abrigos, que revoloteaban como banderas alrededor de nuestro cuerpo— e íbamos a explorar el mundo.

Recuerdo las largas caminatas por el barrio marítimo de Le Rive, con las locomotoras que transitaban humeantes y lentas, ocultando en gran parte el mar; las paradas en la Piazza Unità, donde una viejecita vendía cucuruchos de maíz para las palomas; las tardes pasadas en el muelle sentados con las piernas colgando, con una caña de pescar en la mano y la curiosidad de saber qué sacaría aquel hilo transparente que desaparecía en la densa oscuridad de las aguas del puerto. Y después, cuando el hilo se tensaba, el terror que yo sentía, porque «no matar» ha sido, desde un principio, un imperativo categórico para mí.

Gianna nos hizo descubrir el acuario, al lado del muelle, el lugar preferido de mi infancia. Yo ya conocía una parte del enorme edificio de ladrillos rojos porque era la lonja de pescado y había ido a menudo con mi madre para hacer la compra.

Dentro, las voces retumbaban de manera extraordinaria, el olor a pescado era muy fuerte y tenía siempre sentimientos contrapuestos. Por un lado, a una parte de mí —la que conocería más tarde— le entusiasmaba la idea de ver tantas formas diferentes de vida; por otro, en cambio —la parte de mí que ya conocía, la insomne y devota de la muerte—, no podía soportar la visión de las branquias que se dilataban espasmódicamente, de las contorsiones, los saltos, los coletazos cada vez más débiles, los ojos que poco a poco se iban volviendo más opacos.

Fue en la lonja donde rompí en uno de los primeros y más metafísicos llantos de mi vida, ante una caja de galeras —«¡¡¡vivas!!!», estaba escrito en la pizarra negra con tres signos de exclamación—. ¿Cómo era posible soportar la visión de todo el dolor de aquellas criaturas que se contorsionaban desesperadamente, que agitaban las infinitas patitas y dilataban las branquias como bocas, emitiendo un inaudible grito?

¿Cómo era posible observar todo aquel tormento y permanecer indiferente?

¿Por qué razón había que infligir aquel dolor?

Mis bronquios vibraban con sus branquias, sus patas eran como espinas que podían traspasarme el corazón.

Miraba a mi alrededor para ver si alguien más sufría el mismo pesar que yo, pero sólo veía personas que charlaban, reían, introducían los pobres animales, aún agitándose, en cucuruchos de papel de estraza que ponían sobre la balanza.

En el bullicio ensordecedor de la enorme lonja, el dolor del mundo y yo nos hallábamos el uno frente al otro, sin defensas, solos.

A partir de aquel día, en mis noches insomnes, a los lobos y esqueletos se les añadieron las galeras. Mientras los esqueletos bailaban, ellas trepaban por las cortinas. Las cortinas no eran de tela sino de papel de estraza, por lo que sus patas producían un leve crujido; más que un crujido era como un chirriar agudo, muy agudo. Para no oírlo y evitar que me estallara el corazón, tenía que taparme los oídos con los dedos.

En este sentido, el acuario era un consuelo. Allí, los mismos peces que agonizaban en la lonja vivían alimentados y protegidos, lejos de los peligros y, además, con su nombre escrito en un cartel.

En el acuario no había los ejemplares de muchos colores que los niños del mundo globalizado suelen ver hoy, sino los peces grisáceos y corrientes que vivían en las aguas contiguas al puerto. Gobios y sargos, sardinas, picareles, peces luna, mújoles y lubinas nadaban ante nuestros ojos entre algunas posidonias. El motivo de la excitación no era tanto ver estos peces —aunque consolaba saber que estaban a salvo— sino contemplar la gran piscina con las mantas y los tiburones. Y sobre todo la pareja de pingüinos que vivían en una caseta como las de los perros que tenía delante una pequeña bañera.

No recuerdo el nombre de la pingüina, a lo mejor porque murió joven, pero el nombre de él, *Marco*, lo recuerdan todos los triestinos de mi edad porque era una especie de héroe ciudadano. Vivía allí desde hacía muchos años, y los días de buen tiempo lo sacaban a pasear por el muelle contiguo al acuario, como si fuese un perrito.

El acuario de las mantas era cuadrado, estaba revestido de azulejos —una cosa intermedia entre un bidet y una piscina pequeña— y tenía unos taburetes de madera para que los niños pudieran mirar dentro. Creo que los tiburones no eran más grandes que los cazones y que el tamaño de las mantas era casi como el de las rayas, pero entonces no lo sabía, me parecían sólo monstruos espantosos.

Que los tiburones podían devorarte yo ya lo sabía. Pero mi hermano me explicó que las mantas podían darte una descarga mortal con su cola puntiaguda. A mi hermano no le molestaba manifestar un velado sadismo que muy pronto se reveló como un rasgo evidente de su carácter. «Mete la mano en el agua —me decía persuasivo—. Vamos a ver qué pasa.» Pero yo tenía las manos fuertemente apretadas dentro de los bolsillos de mi abrigo. Había confiado demasiadas veces en esas propuestas suyas que no tardaban en convertirse en trampas.

En aquellas visitas sentía un poco de pena por el pingüino. Me parecía que vivir sobre el hielo debía de ser más bonito que pasarse toda la vida entre una bañera y una caseta de perros. No obstante, el encarcelamiento de los peces no me afectaba porque esa cautividad, para ellos, significaba la salvación. En el fondo, a mí tampoco me hubiera disgustado vivir en un espacio pequeño y confortable, alimentada con regularidad, protegida de los imprevistos y sumergida en una constante penumbra llena de burbujas.

Con Gianna íbamos a las distintas pistas de patinaje de la ciudad. En las tardes de invierno, como anochecía temprano, nos llevaba a la que estaba más cerca de casa, en el Piazzale Rosmini. En cambio, cuando los días se alargaban, íbamos a la increíblemente excitante del jardín de San Michele —una pista en forma de ocho, con subidas y bajadas que me parecían entonces que presagiaban extraordinarias hazañas— o bien a la lejana pista de Villa Revoltella.

El empeño principal de mi hermano en aquellas ocasiones consistía en hacerme caer de la peor manera el mayor número de veces posible, y el mío era el de mantenerme de pie y tratar de salvar el pellejo.

Los papeles no cambiaban cuando, en verano, íbamos al balneario Ausonia. Allí, en vez de empujarme o zarandearme, tenía por costumbre mantenerme la cabeza un buen rato debajo del agua. «¿Cuánto tiempo podía resistir un ser humano sin respirar?», se preguntaba con curiosidad. Eran los tiempos del buceador Enzo Maiorca y creo que trataba de convertirme en su competidora directa cuando nadie lo veía. En casa me hacía repetir los experimentos en la bañera, en el lavabo y también en la taza del váter.

Aquellos experimentos me aterrorizaban. Entre los peces de la lonja y yo no había ninguna diferencia. Tanto ellos como yo, en medios distintos, luchábamos por sobrevivir; con las branquias dilatadas y los pulmones comprimidos nos debatíamos desesperadamente en busca de oxígeno.

Uno de los pocos recuerdos que tengo de mi padre se remonta al balneario Ausonia. Debía de ser muy pequeña y el agua estaba muy turbia e irisada por los rastros de aceite de las descargas del puerto vecino. Me habían colocado sobre su espalda, con los brazos alrededor de su cuello. Él se soltó de la escalerilla de hierro y empezó a nadar hacia lo que me parecía el mar abierto.

Me sujetaba a su espalda como si él fuera un delfín. Me daba miedo el agua oscura pero a la vez sentía la seguridad de sus movimientos y ello me tranquilizaba. Lo sentía increíblemente fuerte, potente, y por un instante —que no se volvió a repetir— tuve la impresión de que mi padre era alguien de quien, en el fondo, podría fiarme.

Gianna nos acompañaba también a casa de los abuelos.

Con ella íbamos a tomar una bola de helado. Aunque, con más frecuencia, cuando la economía no acompañaba nos comíamos sólo el cono y añadíamos el sabor con la imaginación.

Durante las tardes de lluvia, con Gianna veíamos *Las aventuras de Rin tin tin*. «¡Yuuuu, *Rinty*!» era nuestro grito preferido.

Con Gianna leíamos tebeos y construíamos casitas con el Lego.

Gianna nos daba la merienda en la mesa de la cocina. Pan con mermelada o pan con mantequilla y azúcar que crujía deliciosamente al masticar.

Desde el balcón, también con Gianna, veíamos llegar los remolcadores que arrastraban los barcos. Venían de Estambul, del canal de Suez, de la Polinesia, de todos los lugares que la fantasía geográfica de mi hermano era capaz de sugerir.

Con Gianna éramos felices.

Aunque la bora hiciera temblar los cristales, cuando estaba Gianna no estábamos en Trieste, sino en Capri.

Gianna hacía que nos sintiéramos queridos.

Su puntual repiqueteo del timbre era como la campana de Pavlov anunciando horas de felicidad. Ojos brillantes, la boca hecha agua, incipiente sensación de bienestar.

Pero un día, durante el otoño de mi tercer curso de primaria, el timbre se quedó mudo.

Tres y treinta y cinco, tres y cuarenta, tres y cuarenta y cinco. Yo miraba fijamente el reloj de la cocina cada vez con más ansiedad, tres y cincuenta, tres y cincuenta y cinco. A las cuatro fui al salón donde estaba mi madre sumergida, como de costumbre, en la contemplación solitaria del vacío.

—Gianna no llega —dije tímidamente.

Y ella, sin interrumpir lo que estaba haciendo, respondió:

—Gianna no vendrá nunca más.

6

Se remonta a aquella época la aparición, en mis pensamientos, de una nueva categoría mental: el vacío. Antes había una cosa, después, ya no.

No quedaba muy claro por qué sucedía así, pero sí estaba claro que era una insidia que había que tener en cuenta. El suelo sobre el que caminábamos parecía sólido. En realidad, bajo nuestros pies, en algunos puntos había ladrillos y en otros sólo paja, pero no se distinguían a simple vista, había que poner el pie encima para sentir su verdadera consistencia.

Así, la vida no era muy distinta a un recorrido por un campo minado.

A la entrada de la escuela de primaria —a la que empecé a ir— había un gran cartel. Mostraba, a modo de cómic, las aventuras de un grupo de niños como nosotros que jugaba en la calle. En el segundo recuadro, uno de ellos encontraba en un descampado un objeto de forma extraña y todos, jugando, se ponían a golpearlo. En el dibujo siguiente había una especie de fuegos artificiales, con llamas y rayos luminosos que saltaban en todas las direcciones. En el siguiente, reaparecían los mismos niños, un poco diferentes. A uno le faltaba una mano, a otro los dos brazos, el tercero tenía una venda sobre los ojos porque se había quedado ciego y otro caminaba con dificultad apoyándose en una muleta de madera.

«¡ATENCIÓN! ¡PELIGRO! ¡NO TOCAR! ¡NO JUGAR!» estaba escrito al pie en mayúsculas, y más abajo se veían los dibujos de varios objetos extraños —granadas, minas, bombas aéreas— que eran la causa de todas las desgracias.

Existían, pues, hoyos bajo la superficie y, además de los hoyos, fuegos artificiales que podían arrancarte las piernas. Podías despeñarte o quedarte ciego para siempre.

No hacía falta mucha imaginación para comprender que era peligroso moverse.

Mejor quedarse quieto, aguantar la respiración.

Si ponías el pie sobre una mina, saltabas por los aires, desintegrándote en mil pedazos como el gato Silvestre —con la única diferencia de que en la escena siguiente él se recomponía, mientras que tú seguirías hecho un pingajo—, y si ponías el pie en el suelo, ¿dónde acabarías? ¿Qué pasaría contigo? Debajo de la superficie, ¿qué había? El vacío.

Pero ¿qué era el vacío?

Mi padre había desaparecido, el simpático pediatra que durante varios años había estado con mi madre —el hombre de piel oscura y orejas peludas como un oso, que nos cuidaba, nos llevaba de excursión y nos regalaba pistolas de vaqueros y arcos de indios— había desaparecido, Gianna había desaparecido.

Estas desapariciones no estuvieron precedidas por

ninguna señal premonitoria, por ninguna alarma. Simplemente, de un día para otro, todos ellos dejaron de existir. No tenían un número de teléfono, una dirección, un lugar adonde enviar una postal. Desgraciadamente, tampoco los encontrábamos por la calle. Personas a las que estaba genéticamente ligada, como nuestro padre, o sólo afectivamente, como Gianna, en las que había confiado, dejando que contrarrestaran la noche siempre al acecho dentro de mí, se esfumaron en la nada.

En aquellos tiempos, mi hermano y yo coleccionábamos cromos. La colección se llamaba *Genti e Paesi* y el álbum —inflado y crujiente por la cola hecha con harina— era la pasión de nuestras tardes.

En aquel álbum, además de la aurora boreal, aprendí a conocer el fantástico mundo de los casquetes polares. Sobre el hielo perenne no crecía nada, ni una brizna de hierba, ni musgo, ni un árbol, ni una flor, nada. Incluso los animales que en nuestra tierra eran marrones o aleonados, como los zorros, eran blancos en el Polo Norte. Blancos eran también los osos que correteaban por el hielo, conocidos por ser las criaturas más feroces del mundo animal, lo mismo que sus compañeras acuáticas, las orcas asesinas.

Deduje que estar rodeado de blanco y de frío hacía que uno fuera muy malo. Alrededor de los casquetes navegaban los icebergs, que no eran otra cosa que altas montañas de hielo. Las leyendas explicativas de los cromos no aclaraban si esas montañas estaban llenas o vacías, como los huevos de Pascua. Dado que también la meseta del Carso, aparentemente tan sólida, tenía bajo su superficie grutas, espacios huecos y dolinas, me convencí de que también los icebergs contenían cavidades en su interior.

Pero ¿quién vivía en aquellas burbujas de hielo? Los cromos no decían nada acerca de ello, o sea, que no habían sido todavía colonizadas.

Una tarde en que la bora hacía vibrar la casa, decidí que me convertiría en la primera habitante de un iceberg. Otros tendrían frío, en cambio yo, estaba segura, me sentiría cómoda. La luz llegaría filtrada, como también los ruidos. De todo el fragor del mundo no llegaría más que un débil eco y las personas no serían otra cosa que siluetas abstractas. Sólo me rodearía una montaña de hielo. Hielo sobre los ojos, hielo sobre el corazón, hielo sobre mis pensamientos. Hielo sobre manos y pies.

Sería estupendo ser finalmente un niño de hielo.

A los inexpertos el hielo les podía parecer un frágil cristal. En cambio, era suficiente golpearlo con fuerza para darse cuenta de que era más duro que el acero.

Hielo, viento sideral.

Según cuenta la leyenda, la bora nace en una misteriosa cueva de algún remoto lugar y allí se enrosca, se desenrosca y se enrosca de nuevo, rugiendo con una furia creciente para después dirigirse impetuosa hacia la salida e iniciar su demencial carrera en dirección a la ciudad. Su invisible y espantosa fuerza lo arrolla todo, hace volar macetas y tejados, parte ramas, desarraiga árboles, desplaza automóviles y conductores, después cae sobre Trieste y, por la chimenea, entra en casa de mis abuelos. Desde allí baja las escaleras gritando y sale por el portal dejando estalactitas de hielo como recuerdo de su paso.

Sí, aquel portal —que cruzábamos fielmente una vez

por semana para ver a los abuelos— parecía una cueva, arqueado, oscuro, que te agredía con un soplo helado incluso cuando el aire estaba quieto y la bora dormía plácida en sus páramos desolados.

Nos asaltaba el olor acre de pipí de gato en cuanto entrábamos en aquel oscuro portal, pasábamos por delante del minúsculo taller de un zapatero remendón, *calligher* en triestino. Lo veíamos siempre con su mandil, inclinado sobre un zapato bajo la débil luz de una lámpara que colgaba de un hilo larguísimo, rodeado por un gran desorden de clavos, martillos, empellas y un fuerte olor a cola.

En el edificio vivían los padres de mi padre y en cierto modo compartían una misma característica con su hijo.

Estaban, pero era como si no estuvieran.

Del abuelo —que murió cuando yo tenía tres años— recuerdo únicamente la rigidez de su cuerpo, la nuca tensa, el bigote corto, típicos de quien alberga una rabia mal reprimida. De la abuela recuerdo sobre todo su cocina. Era de origen húngaro y creo que el espantoso nivel de colesterol que combato desde hace años es la herencia de aquellas sabrosas comidas, tan diferentes de las siempre tan monótonas que preparaba mi madre. Rollitos fritos rellenos de carne sumergidos en nata ácida, *gulasch* con patatas que navegaban en cebolla y manteca de cerdo, coliflor cubierta por una tonelada de pan rallado frito en mantequilla, achicoria con tiras de tocino crujiente.

Pero, por mucho que me esfuerce, sólo recuerdo vagamente su rostro. Me dijeron que padecía del corazón y por eso estaba en cama a menudo, como la abuela de Caperucita Roja. Todavía veo la funda de la almohada, la colcha sobre la que descansaban sus manos, pero ni el rostro, ni la boca, ni la mirada reemergen del pasado. Sin embargo, íbamos a su casa todas las semanas. No obstante, todos los años para nuestros cumpleaños nos regalaba una moneda de quinientas liras, con las tres carabelas, exhortándonos con voz trémula a no gastarla. Pero quitando su voz, que me parecía muy similar a la del lobo después de haberse comido a la abuela, no recuerdo otra cosa de ella.

La casa era oscura y no tenía calefacción. La única estufa de queroseno llamaba mi atención. Me pasaba gran parte de la visita de rodillas, observando las llamas que danzaban, oscilaban y cambiaban de color: rojas, amarillas, naranja, naranja, amarillas, rojas.

Desde que me enteré de que existía el Infierno las contemplaba con mayor interés. La estufa tenía un tubo marrón que desaparecía en el techo y era bastante lógico que por dentro tuviera otro que fuera hacia abajo. Y aquel tubo no era otra cosa que un cómodo ascensor para atravesar la corteza de la tierra y encontrarse con los diablos. Los diablos no me daban ningún miedo. En comparación con los esqueletos, los lobos y las galeras, me parecían sólo desvaídos figurantes.

Los almuerzos de los domingos se desarrollaban en un silencio casi absoluto. Al principio, mi madre —nuera abnegada, a pesar de la desaparición del marido— ponía al día a la abuela sobre los hechos de la semana. Terminado muy pronto el relato de las noticias, un manto de silencio caía sobre la mesa. Se oía sólo el tintineo de los cubiertos, el masticar de las mandíbulas, el gorgoteo de las tráqueas al pasar el agua.

De todos los comensales, la tía Marisa era la más silenciosa.

Su sitio estaba siempre dispuesto, su vaso siempre lleno, pero ella no bebía, no utilizaba los cubiertos, no desenrollaba y enrollaba la servilleta, no dejaba en ella manchas de carmín o de salsa como hacíamos nosotros.

No sabía si la tía Marisa me era simpática o antipática. Su presencia introducía una nueva categoría en el universo mental de mi iceberg. Mi tía era transparente. No podíamos verla pero estaba allí. Contrariamente a Gianna o al pediatra, que, antes de ser engullidos por el vacío, habían existido, habían tenido una voz, un rostro, una manera de hablar, ella no. Ella era invisible. O al menos yo no lograba verla. Evidentemente, otros sí, visto que se sentaba a la mesa cada día y tenía una habitación a la que se nos prohibía entrar a curiosear.

Pasábamos por delante cuando íbamos a lavarnos las manos y me daba siempre un miedo tremendo. En cualquier momento, por una gélida corriente, aquella puerta podía abrirse y aspirarme hacia dentro hasta hacerme desaparecer en la nada, hasta llegar al antro de la bora o al torbellino negro que generaba los esqueletos.

Muchos años más tarde supe que la tía no era un fantasma, sino la hermana de mi padre, fallecida a los veinte años. Mi madre luchó como una fiera para que yo no llevara su nombre. «¿El nombre de una difunta? ¡Jamás!», fue su grito de guerra.

Un día, mi padre, en una de sus fugaces apariciones, me entregó —como si fuera la cosa más valiosa de mundo— una fusta. «Era de la tía Marisa, una excelente amazona», me dijo. Y por consiguiente, yo también debía convertirme en una excelente amazona.

Esto era así, porque para la familia de mi padre, con

su nombre o sin él, de todas maneras yo era ella, es más, tenía que ser ella. Debía llevar el pelo larguísimo, recogido en una maravillosa trenza; debía montar a caballo de la mañana a la noche, con semblante serio; debía seducir a todos los hombres a mi paso con una simple mirada. En definitiva, tenía que llenar en todo y por todo, con mi modesta figura, el espantoso vacío que la tía Marisa había dejado en sus vidas.

Durante unos meses me llevaron a un picadero. No tenía más de siete años. Los caballos eran increíblemente grandes, terriblemente altos, desmesuradamente anchos e incontrolables. A la niña del iceberg le daban un pánico atroz.

Por suerte, al cabo de unas cuantas lecciones, el caballo que me habían asignado se encabritó, me lanzó más allá de su cuello y pasó por encima de mí. Mi madre decidió por fin que aquélla sería la última representación de la película *El retorno de la tía Marisa.* Aquel horrible instrumento, la fusta, dio vueltas durante un tiempo por mis cajones hasta que acabó por romperse con gran alivio por mi parte.

El segundo acto de rebeldía lo llevé a cabo más tarde, durante la enseñanza media. Salí sola, una tarde, con mis ahorros en el bolsillo y fui a la peluquería.

—¿Qué hacemos? —me preguntó el peluquero con las tijeras en la mano.

—Cortar —respondí decidida—. Cortar corto.

Aunque debía aspirar a ser su clon, nadie me contó cómo había muerto la tía Marisa. Cortinas de humo, medias palabras, gélidas sonrisas. Una fatalidad. Una enfermedad misteriosa. Un error del médico. «¿Estaba débil? —preguntaba entonces—. ¿Estaba enferma? ¿Tenía la tuberculosis?»

«No, en absoluto —me respondían—. Era sana, deportista, iba siempre a la montaña con su perro lobo. Estaba en la cama y parecía que dormía, pero había muerto.»

Cuando estaba en quinto, de repente dejamos de ir a comer a casa de la abuela. Su casa, sus rollitos y sus quinientas liras dejaron de existir. El suelo había cedido y ella también había desaparecido.

Durante nueve meses nadie me dijo nada.

En junio se presentó mi padre y, por fin, haciendo acopio de todo mi valor, le hice la pregunta que me rondaba desde hacía meses.

—¿Ha muerto la abuela?

—Muerta o viva, ¿qué importa? —me respondió. Después, de una manera afectuosa y confidencial, añadió—: Mira, en realidad, ya estamos todos muertos, sólo somos polvo que se transforma. El vacío nos genera y al vacío (vacíos) regresamos. Por eso, en definitiva, tener sentimientos es inútil.

A los pocos días terminaría el curso, el aire templado de junio traía el olor salobre del mar. Nos habíamos detenido delante del cartel de hojalata de un bar que mostraba los helados de mi marca preferida, la de los dos ositos. Había polos de muchos colores, helados recubiertos de chocolate, copas y maravillosos conos.

Recuerdo haberlo mirado intensamente y haber bajado después la mirada a mis sandalias cubiertas de polvo. Desde la profundidad de mi iceberg emergió un pensamiento que era como un grito: «¡Yo no soy el vacío! ¡Quiero vivir! ¡Quiero tirarme de cabeza y nadar! ¡Quiero comerme todos esos helados, absolutamente todos!»

7

¿Qué sabemos sobre lo que se transmite a través de los genes de una generación a otra? Aparentemente mucho, cada vez más, pero en realidad aún no sabemos casi nada.

Cuando pienso en mi familia paterna, en el hielo que salía de aquel portal y en la carencia de afecto que se desprendía de todas las figuras que yo conocía, no puedo pensar en otra cosa que en algún micrón de filamento transmitido fielmente de generación en generación.

El hielo de los Cárpatos, el hielo de los Urales, el hielo de los kurganes, pueblos venidos de las estepas, junto con el viento, para colonizar las templadas orillas del Adriático, el hielo de Transilvania, de los vampiros dormidos en las mazmorras de los castillos, de los muertos vivos que, de país en país, cruzan los Balcanes bebiendo *slivovitz* y contando historias.

Supe la verdad sobre la muerte de la hermana de mi padre por casualidad en torno a los treinta años.

Me encontraba en Roma, en una cena en casa de unos amigos, y mi vecina de mesa, una señora de cierta edad —entonces yo no era todavía conocida—, al verme coger la servilleta, exclamó:

—¡Las manos de Marisa!

—Probablemente sí —le respondí—, dado que soy su sobrina.

Entonces, la señora me contó la historia que desde hacía más de veinte años esperaba conocer. Marisa era su mejor amiga, habían ido al colegio juntas, y había pasado con ella los últimos días de su vida. En aquella época mi tía vivía en Florencia, donde estudiaba Ciencias Naturales. Mi vecina de mesa, en cambio, se trasladó a Venecia desde Trieste.

Cuando regresó a casa para las vacaciones de Navidad, Marisa se quedó un par de días para ver a su vieja amiga. Allí, por el frío o por el cansancio del viaje, se le declaró una fuerte gripe, así que llamaron a su padre para que le permitiera quedarse en Venecia hasta que se encontrara mejor. Pero su padre, un hombre inflexible —nuca rígida y bigote pequeño—, no quiso saber nada. «¡La Navidad se debe pasar en familia! ¡No existen excepciones a esa regla!»

A pesar de que estaba muy enferma, Marisa tuvo que emprender viaje de Venecia a Trieste con bora, con hielo, en un tren del año 1936. Llegada a casa, compartió la comida de Navidad —no me quedaba claro lo que festejaban, ya que todos eran anticlericales empedernidos— y se metió en la cama. Unos días más tarde, en aquella misma cama, pasó del sueño a la muerte.

Estaba sola en casa, su padre había salido para ir al café y la madre a ver a unas amigas. Cuando regresaron al mediodía, encontraron su cuerpo ya frío. La enfermedad misteriosa, el designio maligno, al final, probablemente, no fue otra cosa que una pulmonía.

Por su amiga supe también que Marisa no soportaba a sus padres, que era una persona libre, independiente, rebelde y dotada de un gran encanto y además que sentía una gran pasión por los perros. Le gustaba mucho la música y, mientras vivió, mantuvo una correspondencia con Bruno Walter, el director de orquesta.

Aquella noche, la tía Marisa, de ser el molde cuyo vacío yo debía colmar, se transformó finalmente en un ser real, en una persona cuyos rasgos de carácter habría podido sentir muy afines. Por alguna misteriosa razón, aquel fragmento de ADN —el fragmento del hielo, de la linfa que se transforma en hielo y desde allí irradia una Siberia interior— no se había repetido en ella, pero fue precisamente ese hecho diferencial lo que la volvió frágil, aunque de manera diferente a mí. El hielo la había castigado con órdenes perentorias, con la arrogancia de la autoridad y con la locura del credo darwinista.

He buscado su tumba hace sólo unos años. Era un día gris con nevisca y tuve que dar muchas vueltas antes de encontrarla. Dado que nosotros, los Tamaro, éramos sólo vacío generado por el vacío, no me hablaron nunca de la existencia de algún tipo de sepultura humana. Por lo que yo sabía, mis antepasados paternos podían estar dedicándose a recorrer el mundo como zombis.

Al final la encontré.

Simples nombres grabados en una lápida rodeada por una pesada cadena. Ninguna flor, ningún adorno —malas hierbas y zarzas, como si fuera el sepulcro de una novela gótica—. En el escuálido jarrón dispuesto para flores sólo había piedras. El agua de la lluvia se había helado, aprisionándolas. Imposible poner la rosa que le llevé. Así que la deposité sobre su nombre, sobre aquellas fechas de una vida demasiado breve. Después me alejé corriendo, sin mirar atrás.

Marisa, dulce víctima de la dureza y de la locura.

Estuve dos años en párvulos y conservo pocos recuerdos, tristes y confusos, relacionados sobre todo con mis dificultades para la sociabilidad.

El verano anterior al comienzo de la primaria fue, sin embargo, un período de gran excitación. Pronto tendría una cartera y cuadernos, un estuche con lápices de colores y, por fin, yo también cruzaría el austero portal por el que mi hermano entraba desde hacía varios años.

El edificio, todo hay que decirlo, no era especialmente atractivo. Ahora, los espacios dedicados a los niños son luminosos, llenos de colores, con maravillosas pegatinas en las ventanas. En cambio, en los tiempos de mi infancia eran oscuros, austeros, por su aspecto nada hacía pensar en un lugar de alegría o recreo.

Mi colegio era una construcción de ladrillos rojos, un largo rectángulo con dos amenazadores torreones coronados por dos leones en los extremos —la entrada de los niños y la entrada de las niñas— con una valla puntiaguda a su alrededor. Un portalón de madera muy pesado hacía las veces de una boca oscura. Los niños desaparecían por él como si fueran las fauces de un monstruo. No era particularmente tentador. Más que un lugar de enseñanza parecía una cárcel, pero su aspecto no disminuía en absoluto mi deseo de cruzar aquel umbral.

Recuerdo el primer día: una muchedumbre apiñada en el gimnasio, las maestras, que, con una lista en la mano y voz aguda, llamaban a los alumnos que tenían asignados y el grupo que se reducía conforme las clases se formaban y salían de la sala.

¡No decían mi nombre!

Pensaba que se habían olvidado de mí o que no me querían cuando de repente: «¡Tamaro, Susanna!» Los pasos que di para alcanzar a mis compañeros parecían de danza, las piernas me temblaban de miedo, pero dentro de mí había una fuerza más grande.

Sabía que, cruzado aquel umbral, nada sería como antes. Aprendería a leer, a escribir, encontraría finalmente a alguien que respondería a todas las preguntas que tenía en la cabeza y a las que mi hermano no había sabido responder.

¡Las preguntas!

La pesadilla, la obsesión de mi vida, el hilo rojo que unía mis días a mis noches, ese hilo que con frecuencia se transformaba en una red, en una maraña. Allí sí que encontraría la punta del ovillo, alguien me lo pondría en la mano y entonces mis pensamientos se desenredarían, airosos, se convertirían en pensamientos-cometa. Yo sujetaría un extremo del hilo y ellos, movidos por una ligera brisa, ascenderían, cada vez más alto, con largas y sibilantes colas de colores. Bastaría levantar la nariz para poder admirarlos.

Los dos primeros años fueron maravillosos. Mi maestra, la maestra Soldati —por una vez el nombre no correspondía a la realidad—, era una persona alegre y serena que amaba su trabajo. Abecedario, pequeñas líneas verticales, horizontales y curvadas para la caligrafía, tabla de multiplicar del uno, del dos, castañas en sus erizos, unas ramitas de moras y recipientes llenos de judías colocadas en algodón al lado de la ventana.

Los únicos años de colegio durante los cuales de verdad aprendí algo fueron aquéllos, un pequeño destello de Capri encastrado en un sombrío cuartel inglés. Como música de fondo casi se podía oír *Funiculì, funiculà*. Llegué incluso a olvidar que era una persona tremendamente tímida, una niña que tenía una gran dificultad para hablar.

Mi hermano y yo íbamos y volvíamos del colegio a pie, hiciera el tiempo que hiciera, en cualquier estación.

Por el camino, de vez en cuando aparecía un señor que nos invitaba a ver su acuario. A mí me parecía una propuesta más bien interesante, pero mi hermano ni siquiera contestaba y seguía caminando.

Entonces no se sabía lo que era un pedófilo, pero los niños estaban perfectamente adiestrados para no hablar con desconocidos ni aceptar caramelos o propuestas de cualquier tipo.

Poco antes de llegar al colegio, pasábamos por la panadería a comprar la merienda. Como es natural, el dinero lo tenía mi hermano y desde el principio me lió. «Estás enferma —me decía—. Enferma del hígado, por eso tienes que comerte el pan sin nada.» Así que en el recreo me comía un panecillo cortado en dos, vacío. Y él tenía doble ración de chocolate.

Aquellos años —yo tendría seis o siete— fueron de una calma relativa: estaba Gianna y la luminosa promesa del saber, con la afectuosa presencia maternal de la adorada maestra. Todavía no había bajado de mi iceberg, todavía podía hacerme la ilusión de ser una niña como todas las demás. Incluso me hice amiga de una compañera de clase que vivía en un edificio al lado del mío. Ella, Daniela, era todo lo que yo no era: físicamente fuerte, extrovertida, emprendedora y, por si no bastara, dueña de un perro dálmata, *Lady*, cosa que en la época de los *Ciento un dálmatas* no era poco.

Tenía una madre de ojos verdes y almendrados que hacía de madre, esperaba el regreso del colegio de sus hijos y cocinaba patatas fritas y crujientes costillas. Con Daniela compartía la absoluta intolerancia por los juegos de las otras niñas y una cierta inclinación por la aventura, que en mí era más bien teórica, pero que ella convertía hábilmente en real.

Aún recuerdo con verdadero terror la vez que decidimos ir a Venecia en bote. Fantaseamos durante días sobre el proyecto. Pretendíamos llegar a la Piazza San Marco, bajar de mi minúsculo bote —el que tenía que volar—, aparcarlo, dar de comer a las palomas y regresar a casa.

Parecía una hazaña maravillosa. Lástima que una vez en mar abierto descubrimos la existencia de las corrientes. ¡Remábamos y remábamos, y el bote iba en sentido contrario! La imagen de las palomas de la Piazza San Marco se transformó entonces en la de Robinson Crusoe, cuyas aventuras había visto poco tiempo antes en la televisión. Me sorprende siempre que mueran tan pocos niños cada día como consecuencia de sus juegos.

Primero de octubre de tercer curso.

Vuelvo a clase después de las vacaciones con paso ligero, y cinco horas después salgo con el corazón atenazado. El suelo había cedido y la maestra ya no estaba, había sido engullida por un torbellino oscuro que como un *maelstrom* giraba en torno a mí con un movimiento perpetuo.

Desaparecida la maestra Soldati, la clase también desapareció, desmembrada y diluida en otras aulas.

Creo que lloré todo un mes.

Me despertaba y lloraba, comía y lloraba. Iba al colegio y lloraba. Hacía los deberes y lloraba. Dormía poco y cuando me despertaba el cojín estaba siempre mojado. Hasta mi madre, movida por la compasión, me susurró: «No ha muerto, sólo se ha jubilado.»

En aquel mes de octubre, una parte de mí —la parte que tenía esperanza, que se había hecho ilusiones— estuvo completamente muerta. Sabía que a partir de aquel día tendría que convivir con ella. Durante un tiempo tal vez lograría mantenerla oculta, pero su fuerte olor a descomposición acabaría por desvelar mi situación real a los demás.

La nueva maestra tenía una difícil situación familiar, por consiguiente, su comportamiento era muy distinto al que yo estaba acostumbrada. Gritaba, perdía la paciencia con facilidad. Con sus gritos yo me transformaba en un cangrejo ermitaño. Entraba en mi concha y me encerraba herméticamente.

No oír, no saber, no ver.

De vez en cuando percibía una especie de eco lejano: explicaciones, gritos, risas en el recreo, todo cosas que ya no me concernían.

Durante la hora de gimnasia desfilábamos al ritmo de una pandereta. Hacia delante y hacia atrás, hacia atrás, hacia delante, lado derecho, lado izquierdo, paaaso, y vuelta a empezar. Yo marcaba siempre el paso a destiempo, me daba la vuelta siempre hacia el lado equivocado. Encima, debajo, derecha, izquierda, nada me resultaba claro del espacio que me rodeaba. Espacio peligroso, espacio amenazador.

Mi creatividad literaria brillaba por su ausencia. En las redacciones libres escribía «Hoy hace sol» si aquel día hacía sol; en cambio, si llovía, escribía «Llueve y hace frío». La expresión libre —tan de moda hoy en día— me aterrorizaba.

Por el contrario, los números me reconfortaban. Estaban allí, presentes desde la noche de los tiempos. Los dedos de una mano eran cinco y esto era válido en todo el mundo. Si las manos eran dos, se convertían en diez, y también esto era universalmente reconocido.

Lo mismo valía para todo lo sólido. Una pelota era una pelota; un dado, un dado, sólo un loco podría negar una realidad tan evidente.

Mientras reflexionaba en el silencio de mi concha, llegué a la conclusión de que cada objeto existente debía tener también un valor numérico y que, por lo tanto, sumándolos todos, llegaría a lo que siempre había buscado: el número de los números, el número que lo contenía todo y era capaz de generarlo todo.

Así, con la humildad del que sabe que tiene por delante un largo trabajo, me puse a contar. En efecto, aquél era el único camino que conocía para alcanzar la meta. Contaba en todos mis momentos libres. Por la noche, en una hoja, escribía la cifra obtenida y a la mañana siguiente arrancaba a partir de ella. Contaba cuando mi padre estaba y cuando no estaba; contaba cuando mi madre miraba al vacío con la venda sobre los ojos y cuando se la quitaba para cocinar; contaba cuando me tiraban brutalmente sobre el cemento de la pista de patinaje; contaba en el umbral de la noche; contaba por la calle, en el autobús, debajo de la mesa de la habitación de los abuelos.

Contaba, y aquellos números eran el hilo de oro de mis días, que se desovillaba de habitación en habitación, de curva en curva, como en el laberinto de Minos. Yo seguía el hilo, y mis días adquirían sentido, una dirección, sabía hacia dónde ir y por qué lo hacía, nadie me había dado nunca respuestas tan exhaustivas. Contaba con devoción, con paciencia, con secreta felicidad. Conté hasta que una mañana, al despertarme, una pregunta terrible surgió en mi mente. ¿Cómo podría reconocer ese número que era tan grande como para contener y generar a todos los demás? ¿Sucedería como con los *pinballs* de los bares, que de repente se ilumina todo?

¿O bien...?

8

Dios creó el mundo en siete días y al final del ingente trabajo, con la frente todavía chorreando de sudor y las manos llenas de polvo, recogió en un saco todo lo que le había sobrado —toneladas y toneladas de piedras puntiagudas— y lo confió a uno de sus ángeles preferidos diciendo: «¡Ve y tíralo más allá del Universo!»

El ángel obedeció, cargó con aquel peso, ligero para él, y emprendió el vuelo para alcanzar los límites de las tierras conocidas. Como todos los ángeles, era muy sereno y volaba silbando, sin preocuparse por lo que sucedía a su alrededor. No recordaba que uno de ellos —el más bello, el más amado— había traicionado el pacto con el Creador. Así, no se dio cuenta de que precisamente él, Lucifer, lo seguía en silencio, dispuesto a gastarle una broma. Mientas sobrevolaba el lugar donde se encuentra hoy Trieste, el diablo se le acercó, cortó de un tajo el saco con un cuchillo y todos los desechos del Universo cayeron en la Tierra, produciendo un gran estruendo y transformando el risueño paisaje en un árido y cortante pedregal.

Sobre aquel pedregal alguien tuvo la pésima idea de

fundar una ciudad y algún otro, es decir yo, tuvo la igualmente pésima idea de nacer en él.

Piedras agudas, rocas cortantes.

Rocas impalpables, como polvo, que podían penetrar dentro de ti.

Piedras en los ojos, piedras en el corazón.

Piedras como esponjas, capaces de absorber líquidos y humores.

Piedras como pulpos dispuestos a aferrarte con sus largos tentáculos y a arrastrarte hasta sus oscuros recovecos.

¿Cómo dudar de esta leyenda que nos contaban en el colegio? ¿Cómo no pensar que un destino cruel se había ensañado con esas tierras? Durante la hora de canto, con las batas almidonadas, los lazos y las trenzas atadas con mariquitas de plástico, entonábamos fervorosamente *El testamento del capitán*.

El capitán de la compañía
está herido a punto de morir.
Manda llamar a sus Alpinos
para que lo vengan a ver. [...]
«¿Qué ordena, señor capitán,
ahora que hemos llegado?»
«Ordeno que mi cuerpo
en cinco trozos sea cortado.
El primer trozo a mi patria,
que recuerde a su soldado alpino;
el segundo trozo al batallón,
que recuerde a su capitán;
el tercero a mi madre,

que se acuerde de su hijo;
el cuarto trozo a mi amada,
que recuerde a su primer amor;
el último trozo a las montañas,
que lo hagan florecer en rosas y flor...»

Nuestras cristalinas voces vibraban en el aula, enumerando los trozos en los que sería cortado el capitán. Con la misma pasión cantábamos *Il Piave mormorava* y otras canciones de la Primera Guerra Mundial. Cuando entonábamos «Tapum, tapum, tapum» nuestras coletas, nuestras trenzas y nuestros lazos temblaban al unísono.

Crecimos en el culto de la Primera Guerra Mundial. La segunda, concluida hacía menos de veinte años, no se nombraba nunca. Para recordar su existencia bastaban los carteles sobre las minas colgados en la entrada del colegio, y las ruinas, los dolores y los odios enterrados en cada familia. La tierra que los cubría era ligera, apenas arena y nada más. Debajo de los granos de silicio todavía se podían entrever las brasas que centelleaban aparentemente inocuas en la ceniza. En realidad, un soplo ligero sería suficiente para hacerlas llamear de nuevo.

La Segunda Guerra Mundial era el gran fantasma silencioso que nos seguía de cerca. En cambio, la primera era nuestro hábitat fisiológico. Además de cantar sus canciones y considerar a sus héroes más famosos como divos del cine, nos premiaban con excursiones a los lugares donde se había desarrollado.

A los siete años, visita a Redipuglia. Una enorme escalinata blanca flanqueada de cipreses. Trepábamos por los escalones.

—¿Sabéis lo que hay aquí debajo, niñas?

—No, señora maestra.

—Están los huesos de los muertos. ¿Y sabéis cuántos son? ¡Más de cien mil!

—¿Por qué no están en sus casas? —preguntó una vocecita.

—Porque la mayoría no tiene una casa a la que regresar. Muchas madres y muchas esposas no han podido llorar a sus seres queridos.

—¿Por qué?

—Porque sólo se encontraron partes del cuerpo demasiado pequeñas y era difícil dar un nombre a cada uno de ellos.

—¿Y ahora pueden venir a llorar aquí?

—Claro. Y está muy bien, ¿no?

Mientras subía, oía los huesos crujir bajo mis pies. Titubeante, ponía un pie delante del otro, dispuesta a descubrir en el mármol blanco una grieta por la que podrían salir tibias, una calavera, una mandíbula, o alguna clavícula.

¿Quién había transportado todos aquellos huesos hasta allí arriba? ¿Cómo habían hecho para distribuirlos? La imagen que tenía ante los ojos era la de una partida al *mikado*, el juego chino de los palitos. Se abre la mano y los palitos caen de manera desordenada. Debió de suceder lo mismo con los huesos.

Cien mil muertos suponían un número escandalosamente más elevado de huesos. Un día, alrededor de esos huesos, hubo carne, las tibias se llamaban «piernas», el húmero y el cúbito «brazos», la calavera había sido una cabeza y esa cabeza habría tenido seguramente pensamientos.

Cuando alcancé la cima, pensé que a fin de cuentas el capitán de la canción había hecho bien en hacerse cortar a trozos. Si se hubiera quedado allí, probablemente su madre y su novia no habrían podido encontrarlo y habrían llorado sobre los huesos de otro.

No obstante, me resultaba difícil imaginar cómo se había realizado la división de las partes. ¿Acaso tenían una sierra los soldados alpinos? ¿O se pusieron a tirar de uno y de otro lado, como hacen los perros cuando se disputan un bocado?

¿Quién decidió qué trozo enviar?

¿Cómo lo habían enviado, por correo?

Tal vez no, el correo, me decía, era una invención demasiado moderna. Entonces se iba a pie o a caballo, por tanto los soldados debieron partir al galope, cada uno con un trozo del capitán en la mochila.

Aunque estaba caminando sobre los huesos de todos esos pobres muertos, imaginaba aquel tiempo como una época muy lejana. En realidad, aún no habían transcurrido cincuenta años del final de la Gran Guerra.

A la excursión a Redipuglia, le siguió la de Oslavia.

En la cima de una colina cerca de Gorizia había una gran construcción de piedra en forma de cilindro. Al entrar en el enorme y claro espacio no se veía otra cosa que minúsculos cajones que llegaban hasta el techo, similares a los de la despensa donde mi abuela tenía el azúcar y la harina.

Me pareció un lugar estupendo para que anidaran las palomas.

—Niñas, ¿sabéis lo que es este lugar?

—¡Es un osario, señora maestra!

—¿Y en estos cajoncitos...?

Como ya lo sabíamos, respondimos a coro:

—Están los huesos, señora maestra.

Una vez fuera, sentadas en los muritos de piedra, nos comimos los bocadillos —en silencio o hablando bajito porque era un lugar sagrado de la Patria—, y de nuevo en el autobús, con el calor, el bocadillo no bajaba y un nudo en la garganta quería subir. Náuseas, mareo, malestar, sensación de profundo agobio.

Como la mayor parte de los abuelos de mi generación, el padre de mi madre había combatido la Primera Guerra Mundial. Era el único verdadero «italiano» de la familia. Nacido en una familia muy pobre, con muchos hermanos y hermanas, en las montañas del centro de Italia, se tuvo que enfrentar muy pronto con la difícil tarea de sobrevivir. Dado que era un joven despierto, el párroco favoreció su entrada en un convento o seminario, pero el abuelo era una persona de apetitos muy terrenales, así que declinó la invitación. A los quince años ya vivía en Ventotene, trabajando como celador en la cárcel del lugar. Logró estudiar él solo el bachillerato superior de letras, que le permitió presentarse a los exámenes de admisión a la Academia Militar de Módena, carrera que en aquella época era la única, junto a la eclesiástica, que le permitía a un joven sin medios obtener un lugar en la sociedad. Al quedar el decimonoveno de cuatrocientos aspirantes, fue enviado a Módena y, cuatro años más tarde, salió de la academia como joven oficial. ¡Qué mala suerte! ¿Qué año era? 1914.

Antes de que se cumpliera un año se encontraba ya en el frente en primera línea. Su guerra se desarrolló entre Valsugana, el altiplano de Asiago y el Carso Isontino. Lo hirieron varias veces pero, gracias a su fuerte complexión, siempre logró sobrevivir.

El abuelo también nos llevaba de excursión los domingos a los lugares en los que había quemado su juventud, pero eran de un cariz muy distinto de las excursiones que hacíamos con el colegio. No nos hablaba de huesos o de héroes o de hazañas extraordinarias, sino de los sentimientos dolorosos y del desaliento de un joven oficial obligado a enviar a una muerte segura a sus soldados por obedecer las órdenes de sus superiores. La exaltación de un Enrico Toti, un Cesare Battisti o un Scipio Slataper era totalmente ajena a los reclutas, que lo único que deseaban era salvar el pellejo y regresar a casa.

En el pequeño pueblo donde vivo ahora hay una estela funeraria que recuerda a los caídos durante la Gran Guerra, parecida a las que existen en todos los pueblos, ciudades o aldeas —desde Sicilia al Piamonte— que he visitado en mis peregrinaciones. Seiscientos cincuenta mil muertos, seiscientos cincuenta mil seres humanos que sólo deseaban vivir.

El abuelo formó parte del grupo de oficiales que participaron en la batalla de Cardano. En Valsugana, el batallón adversario estaba constituido en gran parte por checoslovacos. Y los checoslovacos, como una parte de los triestinos, eran irredentistas, es decir, que querían desvincularse de la tutela del Imperio Habsburgo. Así que, con lo que ahora se denominaría una operación de los servicios de inteligencia, los oficiales checoslovacos pactaron con los italianos para que éstos llegaran victoriosos a Trento sin disparar una sola vez. ¿Cómo pudo suceder? La noche acordada dormirían a sus tropas con un fuerte somnífero para que los italianos pudieran marchar sobre Trento sin encontrar obstáculos y conquistar triunfantes e indemnes la ciudad. Establecidos los acuerdos y diseñado el plan, el cocinero disolvió en el rancho una droga de caballo que hizo caer a todo el batallón checoslovaco en un sueño profundo, mientras los oficiales italianos, con los nervios a flor de piel, esperaban en la oscuridad la orden de avanzar.

Pasó una hora, pasaron dos, y no ocurrió nada. Llegó el alba y los italianos seguían allí en la trinchera, con los fusiles en la mano. La tropa checoslovaca se despertó: «¡Ah! Qué bien hemos dormido», y Trento seguía allí, inexpugnable fortaleza austríaca.

¿Qué había sucedido?

El mando italiano había pasado la noche discutiendo. Ninguno de los oficiales quería ser el segundo en entrar en la ciudad. Dilapidaron toda la noche en odios personales, rivalidades, envidias, venganzas, bajezas y perversas reflexiones sobre la oportunidad política. Así, al final no se hizo nada. ¡Adelante con las armas, adelante con los héroes, adelante con los cajoncitos y las escalinatas que rellenar de huesos!

Cuando contaba este episodio, mi abuelo todavía manifestaba dolor y rabia. No sentía ninguna estima hacia sus superiores, que consideraba, militarmente, unos ineptos y, humanamente, unos criminales. Nos contó que una vez el capellán de batallón austríaco fue a su trinchera a parlamentar. «Por favor —imploró con los ojos llenos de lágrimas—. ¡No dejéis que os maten así! ¡Somos cristianos, no podemos matar a otros seres humanos de esta manera! ¡Prácticamente os lanzáis contra nuestras ametralladoras!» Mi abuelo lloró con él. Órdenes superiores. Órdenes que no se podían transgredir porque, en el momento del ataque, un pelotón de carabineros se situaba detrás de la tropa. El que al grito de «¡Saboya!» no se hacía acribillar por los austríacos, era liquidado por los disparos de los suyos que se encontraban a sus espaldas. Carne de cañón, tordos y perdices a abatir a su paso.

Mi abuelo se salvó porque, siendo oficial, fue el primero en salir de la trinchera con la pistola en la mano gritando «¡Saboya!»; cuestión de segundos, de reflejos que se activan o no. Las mismas balas que atravesaron sus piernas alcanzaron en la cabeza y en el pecho a sus soldados. Murieron todos.

Estas excursiones me producían un desasosiego distinto al de las visitas con el colegio. Veía los dos lados de la misma historia, dos maneras diferentes de contarla. El primero te hacía mirar las cosas desde fuera, sentirte orgullosa, pronunciar palabras altisonantes, como «heroísmo», «sacrificio»: el camino de la retórica. El segundo te obligaba a levantar el telón, mirar detrás y hasta el fondo de las cosas y tener sentimientos de cuya complejidad era difícil poder desligarse: el camino de la realidad.

9

Naturalmente, el ángel, en lugar de piedras, habría podido llevar otros desechos, flores por ejemplo. Cientos y miles de semillas y bulbos no utilizados, que, cortado el saco, habrían caído en la tierra, transformando toda la región en un preludio del paraíso terrenal. Si yo hubiera abierto los ojos en ese jardín encantado y caminado sobre alfombras de lirios silvestres y campanillas de invierno, quizá mi carácter habría adquirido una fisonomía distinta. O, al menos, mi visión del mundo sería otra. En lugar de que me persiguieran esqueletos, estaría envuelta en corolas de flores; en lugar de temblar por el ruido de mandíbulas, me sentiría embriagada por el fragante perfume de los pétalos.

En aquellos años, a las preguntas con las que perseguía a mi hermano todas las noches, se sumaron otras que procedían de la observación de la realidad circundante. El primer destello de la existencia de un mundo que afrontar aún más complejo y misterioso del que yo había conocido hasta entonces —la noche, el día, las estrellas, el sol, los lobos y los esqueletos— se encendió en mi mente durante un paseo dominical con mi abuelo.

El abuelo, además de ser el único «italiano», era también el único deportista de la familia. Le gustaba mucho caminar y los días de fiesta íbamos a pasear con él al parque de Miramare. Lo interesante para nosotros —no especialmente entusiastas de la botánica— era que había un pequeño lago con cisnes y patos. Solíamos llevar una bolsa con pan duro porque la parte más apasionante del paseo consistía en dar de comer a los animales.

Aquel señalado día fue inmortalizado por una foto en la que llevo una chaqueta de punto con botones dorados. Ese día me hice la primera gran pregunta no directamente relacionada con lo concreto del mundo natural o con los fantasmas que atormentaban mis noches. Saqué mi minúsculo brazo por la barandilla, ofrecí comida a aquellas espléndidas criaturas y ellas, en lugar de aferrarla con la exquisita gracia que yo me esperaba, se abalanzaron con furia y crueldad, picándome las manos.

En aquel instante, una especie de fulgor atravesó mi corazón. Darles comida era una cosa buena, ¿por qué reaccionaban haciéndome daño? El destello iluminó una zona oscura de la que hasta entonces no tenía conciencia. Había una falta de consecuencia lógica en las acciones, y no sabía darle un nombre. Me parecía natural que, ante un gesto amable, se respondiera de un modo igualmente amistoso, que hubiera armonía entre estas dos relaciones, pero no resultaba tan evidente.

Desde aquel día, dentro de mí nació un nuevo país. Un país lleno de niebla, de sombras, de cosas poco claras. Había preguntas sobre la realidad —el cielo, las estrellas, la noche, el número más grande— y, junto a éstas, existía un nuevo espacio donde surgían preguntas que indagaban sobre un tipo de realidad cuya existencia no había sospechado hasta entonces.

¿A qué se podía atribuir el comportamiento de los cisnes?

Si yo era buena con ellos, ¿por qué motivo ellos no lo eran conmigo?

Aparte de los esqueletos y los lobos, había, pues, en el mundo, un elemento todavía más inquietante. Este elemento carecía de rostro, de nombre. Tal vez por eso, con el tiempo, empezó a darme más miedo que mis enemigos habituales. En el fondo, había aprendido poco a poco a manejar la danza macabra que poblaba mis noches. Podía tomar pastillas, polvos, podía repetir frases o gestos mágicos y, con ellos, mantenerla a raya.

Pero ¿y el comportamiento de los cisnes?

¿Y el de los seres humanos que se comportaban como cisnes?

¿Por qué razón, en el mundo que me rodeaba, existía esta forma de no armonía?

Por entonces, yo ya no esperaba que mi hermano pudiera responder como un oráculo a mis preguntas. Así, aquella zona de niebla, al principio pequeña, se puso a girar sobre sí misma como una peonza. De la mente pasó al corazón, del corazón a los pulmones y desde allí se transformó en una telaraña. La araña era la dueña, con sus largas patas iba y venía a lo largo de las venas, inoculando su poción tóxica donde más le apetecía.

¿Por qué lloras?

¿Por qué te tiras al suelo?

¿Por qué te falta el aire?

Por qué, por qué, por qué.

Porque vivo con un enemigo dentro de mí, con la niebla, con la noche, con el desconcierto. Porque veo el dolor y no puedo hacer nada. Porque veo lo inacabado, el vacío, el fracaso y no comprendo qué sentido tiene. Porque estoy sola, nadie me escucha, nadie me coge de la mano. Porque una parte de mí intuye una armonía y una luz inmensas y, de esa luz y de esa armonía, me estoy alejando como un barco que va mar adentro; lo que al principio daba sentido a cada respiración, con el tiempo se convierte en el relampagueo de un faro lejano. Lloro porque le tengo miedo al vacío, a la oscuridad y a la soledad que me esperan.

A esa edad, desconocía los verdaderos nombres de los sentimientos. Sólo creciendo he comprendido que aquel estado de profundo sufrimiento no era otra cosa que compasión. Compasión era lo que sentí cuando, desde lo alto de la trona, vi a mi hermano caerse de la silla por un bofetón; era compasión lo que sentía ante mis padres sentados en un sillón contemplando el vacío; compasión era lo que sentía en la calle cuando veía a un anciano o a un enfermo. Compasión por su soledad. Compasión por los peces que salían del agua con la boca perforada por el anzuelo, compasión por los gatitos abandonados, por los caballos macilentos, por los pájaros que el pediatra extraía de su morral cuando cazaba los domingos. Sus plumas eran suaves, sus cabezas se balanceaban como marionetas. Yo trataba en vano de abrirles los ojos delicadamente. Sobre mis minúsculos hombros de niña se posaba el dolor del mundo. Todo aquello que estaba herido me hería. Por eso lloraba, por eso me tiraba al suelo. Por eso, en cuanto podía, me daba cabezazos contra la pared.

En vez de llorar, mi hermano jugaba a la guerra.

Bombardeaba, ametrallaba, disparaba. Sabía reproducir perfectamente el ruido de cada arma con la boca, de cada instrumento de guerra. Cuantas más cosas saltaban por los aires y más muertos había, más alcanzaba un estado de felicidad absoluta.

Durante el verano, al aire libre, hacía estallar petardos; aún recuerdo el ruido espantoso de aquellas explosiones. A veces conseguía gasolina o alcohol y los vertía alegremente sobre largas filas de hormigas en el jardín, hasta llegar al hormiguero. En el hormiguero metía unos petardos, para rematar, y después, sin hacer caso de mis lágrimas y súplicas, le prendía fuego a todo, asistiendo con júbilo a la muerte de todas aquellas criaturas inocentes.

Cuando al fin logré tener un pez rojo —mi primer animal doméstico—, no había día que no amenazara con verter lejía en su pecera y que no describiera la manera lenta y atroz en que moriría. «Se pondrá blanco, todo blanco e hinchado», repetía mientras saltaba a mi alrededor. La falta de amor con la que estábamos creciendo creaba en él reacciones de supervivencia fisiológicamente opuestas a las mías. Aun siendo mi referente afectivo, ¿cómo podía pedirle consejo o consuelo? ¿Cómo podía decirle que, para mí, incluso la muerte de una mariposa era motivo de gran dolor?

10

Vengo de una familia muy anticlerical.

Mi tatarabuelo estuvo incluso en la cárcel por haber llamado «tonto» a un párroco. Su hijo, mi bisabuelo paterno, obrero de los astilleros, socialista y librepensador, convivió sin contraer matrimonio con la mujer que amaba —la cual trabajaba en una panadería—, que trajo al mundo cuatro hijos a los que no permitió nunca poner los pies en la iglesia. Convivir, a finales del siglo XIX, suponía una auténtica ruptura, no bautizar a los hijos era casi imposible. Pero en un momento dado se vio obligado a ello, probablemente para poderlos escolarizar, y entonces decidió hacerlo por todo lo alto. Escogió el día más adecuado —el martes de carnaval— y, además de los cuatros hijos, su mujer y él también pasaron por la pila bautismal. Lo hicieron entrando disfrazados en la iglesia de San Antonio, con confetis en la cabeza, y, en cuanto terminó la ceremonia, desaparecieron de nuevo entre la alegre multitud.

Mi familia materna, aunque sin alcanzar estos extremos, vivía en una total indiferencia respecto a la fe. La consideraba en el mejor de los casos una simpática pérdida de tiempo. Descubrí que existía una cosa que se llamaba «religión» cuando fui al colegio. En los años sesenta, antes de cada clase, los niños tenían que rezar de pie delante del pupitre, con las manos juntas. Varias veces al año había una misa obligatoria. Yo no comprendía absolutamente nada de todo lo que sucedía en aquel lugar. Veía a un señor vestido de una manera extraña que nos daba la espalda, hablaba una lengua incomprensible y estaba rodeado de una nube de humo que hacía llorar los ojos. Sin embargo, el hecho de que hubiera tanta gente que, en devoto silencio, mirara hacia él, me hacía sospechar que, a lo mejor, aunque yo no lo comprendiera, lo que allí sucedía era algo verdaderamente importante.

Las imágenes de mi libro de texto confirmaron muy pronto esta intuición. Había una en especial que me llamó la atención desde el principio. Un triángulo grande que irradiaba luz sobre el mundo. Ese triángulo se llamaba «Dios».

No recuerdo en qué número estaba de mi recuento —tres mil quinientos doce o diez mil veinticuatro—, pero sí me acuerdo de que pensé que iba por buen camino, porque los números y los triángulos, en el fondo, pertenecen a la misma categoría.

Y si Dios, como decía el libro, había creado el Universo, era evidente que también había inventado los números. Todos los números, del primero al último, habían salido de su cabeza; luego seguir contando sería un poco como seguir las piedrecitas dejadas en el bosque por Pulgarcito. Más tarde o más temprano me conducirían a la meta.

Además del triángulo, había otra imagen que me parecía sugerente, y era la de un niño con una figura alada a cada lado, una de color rojo y la otra de color blanco, que le susurraban algo al oído. La roja representaba un diablillo, la blanca, un ángel, y en medio estaba el niño, que parecía desconcertado, como si pensara: «¿A cuál de los dos debo escuchar?»

Naturalmente, yo continuaba haciéndome preguntas.

Me preguntaba, por ejemplo, por qué Dios era un triángulo y no un cuadrado o un círculo, o un gran rombo de colores, con colas que revolotearan, como una cometa.

Me preguntaba también por qué Dios habría inventado el diablo, la figurilla roja que nos hacía tomar siempre las decisiones equivocadas.

¿Hablaba el diablo también a los cisnes? ¿Eran capaces de entender su lenguaje?

¿Acaso Dios lo había inventado para que no nos aburriéramos? ¿O para que no se aburrieran los ángeles?

Además, ¿me habría aburrido si los cisnes, en lugar de hacerme daño, hubieran cogido con suavidad la comida de mis manos? ¿O simplemente habría sido feliz?

Regresaría un domingo tras otro con bolsitas de comida y ellos me lo agradecerían con graciosas reverencias. En un momento dado, probablemente, hasta se dejarían acariciar el magnífico cuello. Su alegría sería la mía, y la mía, la suya.

¿De verdad deseaba Dios que fuéramos felices?

¿O tenía otras intenciones?

Aún recuerdo con claridad el primer día que fui a catequesis. Mi padre era del todo contrario a que me infundieran las prohibiciones del catolicismo. Por suerte, intervino el pediatra de orejas peludas, que pasaba con nosotros mucho más tiempo que nuestro padre oficial. Dijo que, siendo ya una niña tan atormentada, no convenía diferenciarla de las demás. Pero también estaba el abuelo italiano, el único al que le importaban estas cosas, que nos mantenía a todos y, por lo tanto, su opinión era de peso.

Así, al final me apuntaron a la catequesis de nuestra parroquia. Era una tarde de noviembre y la dirección que debía tomar para ir era la opuesta a la de la escuela. Yo caminaba por la acera con una insólita sensación de ligereza, hasta daba saltos. Dentro de poco haría grandes descubrimientos, estaba segura de ello.

El lugar donde se daban las clases era una casita detrás de la iglesia, en medio de un jardín rodeado de altos edificios. Cuando se cerró la puerta a mi espalda, dejando fuera la oscuridad invernal, confié en que, además de la oscuridad de aquella tarde, también la de mi mente quedaría relegada al exterior para siempre.

Aquella sala aflora en mi memoria como un lugar muy húmedo y sombrío. Había bancos al igual que en el colegio, y algunas compañeras eran de mi clase. Nuestro profesor, con una sotana larga preconciliar, tenía un nombre extraordinario, que me abrió de inmediato el corazón. Se llamaba padre Volpe.* Lo recuerdo con el cabello rojizo y el rostro alargado y distinguido, pero probablemente no era así. Me esperaba que de un momento a otro saliera una cola vaporosa de su sotana y que él con un hábil gesto, «oh, disculpadme...», volviera a esconderla porque en realidad era un zorro bajo una falsa apariencia. Esa segunda naturaleza suya me parecía prometedora. Porque quizá hacía falta ser astutos como zorros para comprender lo que Dios tenía en la cabeza. Las primeras

* Volpe significa «zorro». *(N. de la t.)*

semanas vivía literalmente pendiente de sus palabras, pero muy pronto la feliz espera de la revelación se transformó en una nueva forma de tormento.

Los niños de después del Concilio Vaticano II colorean grandes álbumes, entonan alegres cancioncillas y duermen profundamente, convencidos de que Jesús es un amigo que resolverá todos sus problemas, que festejará su llegada, aunque después, en su vida adulta, se conviertan en los canallas más grandes del mundo. Entre comportarse bien y comportarse mal no hay mucha diferencia, porque al final se pasa una esponja que iguala democráticamente todas nuestras acciones.

Los niños preconciliares, en cambio, se sentaban muy rígidos en sus bancos, no tenían derecho a la palabra, aprendían de memoria muchas cosas en lugar de jugar al corro, y se les contaban historias nada tranquilizadoras.

En aquel antro que olía a moho y pipí de gato aprendí que los hermanos, para caerle mejor a Dios, podían matarse entre sí y que una de las actividades predilectas del Señor era pedir a los padres que mataran a sus hijos.

¿Por qué lo hacía?

Para ver hasta qué punto estaban dispuestos a obedecer.

Claro que en el último momento los detenía y les pedía que mataran en su lugar a una pobre cabra atrapada entre las zarzas, como si sólo se tratara de una prueba de valor.

Los pies negros y los apaches también hacían cosas de ese tipo, pero eran hombres. ¿Qué necesidad tenía Dios de imponer una prueba tan terrible? ¿Por qué quería conocer la verdad del corazón de Abraham y su fidelidad? Si de verdad era así, si debía recurrir a aquellas atroces bromas, se derrumbaba miserablemente otro dogma, el de su omnipotencia y su omnisciencia.

Y de todas maneras la pobre cabra moría degollada.

¿Qué clase de Dios era un Dios indiferente al dolor de los animales? ¿Un Dios que imponía una prueba tan cruel a una pobre criatura que, por su misma naturaleza, era ya inocente?

El padre Volpe decía que debíamos dirigirnos con confianza al Padre Nuestro que está en los Cielos. Pero ¿cómo se podía tener confianza ante un Padre que le imponía a otro padre matar a su hijo predilecto? ¡Sólo una entidad monstruosa, la misma que volvía feroces a los cisnes, podía ordenar una cosa así!

Abraham obedeció a pesar de amar con locura a su hijo Isaac.

¿Y si le hubiera sugerido lo mismo a un padre que no amaba a su hijo? El padre en cuestión obedecería con celo e incluso, si en el fatídico momento aparecía la cabra de turno, él haría como si no la viera y, con destreza, su mano caería sobre la yugular del hijo, ¡zas!, para decir después arrepentido: «¡Oh, demasiado tarde! Lo siento, no la había visto.»

Los sentimientos vagos y a menudo amenazadores de nuestro padre hacían que me imaginara situaciones potencialmente inquietantes. ¿Y si por la mañana, mientras se afeitaba, Dios se le hubiera aparecido y le hubiera dicho: «Coge a tus hijos y llévalos al muelle Audace, átales una piedra al cuello y tíralos al mar»? No había cabras a la orilla del mar, lo máximo que se podía encontrar era una gaviota...

En definitiva, más que una entidad sabiamente amorosa, aquel triángulo con el ojo en el centro me parecía un monstruo sediento de sangre del que era mejor huir lo más lejos posible.

Terminado el Viejo Testamento, entró en escena Jesús. Iba y venía por Palestina con un grupo de amigos. Instintivamente inspiraba una mayor confianza. Confianza que, sin embargo, mermaba cada vez que el padre Volpe decía que era el hijo del Padre. «Si es así —pensaba encogida en mi pupitre—, quién sabe las barbaridades que estará organizando detrás de ese aire seráfico.»

Contrariamente al Jesús actual, el Jesús preconciliar tenía como principal interlocutor al diablo. Era una especie de desafío continuo del que Jesús salía siempre vencedor. A veces, Satanás se presentaba directamente con su rostro, mientras que otras prefería esconderse dentro de personas normales que se sentían mal de repente. Pero Jesús lo descubría siempre y habitualmente, con pocas palabras, lograba mandarlo de vuelta al lugar de donde había venido, es decir, al Infierno. El Infierno era un lugar donde ardían llamas y cuyo ingreso estaba terminantemente prohibido a los bomberos. El fuego ardía desde siempre y duraría siempre, porque su misión era la de acoger para la eternidad a las personas que muy buenas no habían sido.

Y esto nos lleva a la imagen del libro de texto: el diablillo y el ángel que se disputaban la atención del pobre niño. Si no se quería acabar entre llamas, había que vivir con un oído tapado y escuchar sólo al ángel, porque sólo él nos daba buenos consejos y nos impedía convertirnos en huéspedes de aquel lugar incandescente. El diablo únicamente nos sugería pecados, y los pecados, a fin de cuentas, no eran muy distintos de unos puntos acumulables para obtener premios. Cuantos más pecados tenías, más rápidamente ibas al Infierno. El ángel, en cambio, te sugería cómo no cometerlos.

Quizá debido a las ya tan numerosas figuras espantosas de las que se nutría mi fantasía, nunca he logrado albergar el miedo al diablo y al Infierno en mi mundo interior. En él no quedaba sitio ni para estar de pie, así que se quedaron fuera.

No obstante, sentía una gran simpatía por el ángel, sobre todo desde que me enteré de que cada persona tenía uno: el ángel de la guarda correspondiente. Dado que la vida, hasta entonces, me había parecido una realidad en la que abundaban desagradables y peligrosos imprevistos, no venía mal tener un amigo invisible y poderoso. Cuando regresaba a casa después de la catequesis, lo imaginaba caminando a mi lado, luminoso y más alto que yo, con enormes alas de suaves plumas, y siempre sonriente. Al cruzar la calle, cerraba los ojos y decía: «¡Encárgate tú!» Era una manera más bien empírica de cerciorarme de su existencia. ¡Qué consternados se sentirían los automovilistas al ver que aquel rayo de luz los detenía!

Además del ángel, sentía una cierta simpatía por la madre de Jesús. En el fondo del jardín, en una cueva, había una estatua suya con un manto celeste y los brazos abiertos para acogerte. Sonreía con una expresión dulce. Con ella podía hacer lo que no me atrevía con mi madre: mirarla directamente a los ojos sin sentir terror. Sí, aquella figura era un oasis de paz para mí. Si me hubieran pedido mi opinión, yo habría sugerido que Ella ocupara inmediatamente el puesto del Señor, que instigaba a cortar gargantas.

Sin embargo, en lo que se refería al triángulo, las cosas se habían complicado bastante. Finalmente supe por qué Dios no podía ser un cuadrado o un rombo. No podía porque aunque parecía uno, en realidad eran tres.

¡¡¡Tres!!! ¡¡¡Tres!!!

Fue como recibir un golpe de gong en la cabeza.

Tres, me repetía, tres.

¿Cómo es posible mandar siendo tres?

Los barcos que veía entrar en el puerto acompañados por los remolcadores tenían un solo capitán que los guiaba. Uno en el barco y uno en cada remolcador. El autobús que pasaba debajo de mi ventana tenía siempre un único conductor, lo mismo sucedía con los trenes y los aviones.

¿Qué sucedería si tres personas se disputaran la conducción de esos medios de transporte? Probablemente se pondrían a zigzaguear, hacia un lado y hacia el otro, según el humor de quien condujera. Ninguna terminal, ninguna estación, ningún puerto se alcanzarían nunca.

Pero quizá habíamos llegado al quid de la cuestión.

¡El mundo iba así de mal porque los tres no se ponían de acuerdo!

De todas formas, si hubiera podido escoger a uno de los tres, está claro que habría optado por el Espíritu Santo, porque la paloma, siendo un animal y por lo tanto inocente, era la que me inspiraba mayor simpatía.

¿Obtuve respuestas durante aquellos meses?

No; lo que sucedió fue que una multitud de personajes y acontecimientos se insinuó en mi imaginación, ampliando y complicando el número de mis preguntas. La cuestión de los cisnes, en lugar de resolverse, se había enredado notablemente. Dios era bueno, repetía el padre Volpe, pero si era bueno, ¿por qué permitía que los cisnes se portaran de aquella manera? Además, ¿desde qué punto de vista podía considerarse bueno a uno que instigaba a realizar acciones sangrientas? Si era perfecto, omnisciente y omnipotente, ¿por qué no había creado el mundo con estos atributos? A lo mejor porque se habría aburrido. Un mundo perfecto no ofrecería ningún espectáculo, ningún entretenimiento, sería un poco como una tarde lluviosa sin televisión infantil.

¿Por qué razón había creado el mundo si no para distraerse un poco? La eternidad colmada sólo de sí mismo, al final, debía de ser aburridísima, así que inventó el tiempo. Quién sabe cómo se divertía al ver nuestra agitación, nuestra confusión, al ver los puntos que acumulábamos con constancia en nuestras libretas para acabar en un sitio o en el otro. ¡Con el tobogán, abajo al Infierno! ¡Con el ascensor, arriba al Paraíso!

Al acercarse el momento de mi primera confesión, me invadió una creciente ansiedad. Todos los posibles pecados me parecían realidades muy alejadas de mi vida. No porque me considerara una santa —es más, aquellas figuras tan complacientes y perfectas me inquietaban bastante—, sino porque no me interesaban. Envidiaba a mi hermano, que con el fuego mataba a miles de inocentes hormigas. Al menos él podría arrodillarse sereno y decir: «He formigado, padre.»

Pero ¿y yo?

Hacía lo imposible para encontrar un pecado. Claro que hubiera podido participar en aquel exterminio con mi hermano, pero, después, aunque el sacerdote me absolviera, todas esas hormigas quemadas vivas pesarían sobre mi conciencia.

¿Qué era más importante, respetar la vida o tener algo que decir detrás de la cortinilla del confesionario?

A medida que se acercaba mi turno, me atenazaba el terror, no por el pecado o el diablo, sino por el atolladero en que se encontraba mi fantasía. Al final, cuando se abrió la celosía ante mí, dije de un tirón: «¡He robado mermelada!» El sacerdote me dio una penitencia y yo, con las mejillas encendidas y un intento de expresión compungida, me dirigí hacia los bancos. En cuanto me arrodillé me di cuenta de que me había olvidado ya de lo que tenía que hacer como penitencia, y un segundo más tarde, grandiosa y magnífica, apareció la verdad.

¡Lo había logrado, había pecado!

Había mentido.

Porque nunca había robado mermelada; es más, a decir verdad, la mermelada no me gustaba nada. Sí, la mentira era un pecado con P mayúscula. Entusiasmada por el descubrimiento regresé al confesionario y triunfante corrí la cortinilla diciendo: «¡Padre, finalmente he pecado de verdad! ¡He dicho una mentira, nunca he robado mermelada!»

Con el pasar de los meses —cuando los días se hacían más largos, cuando la bora regresaba a su cobijo, el jardín se adornó con modestas florecillas y el aire se impregnó de los suaves perfumes de abril— me percaté de que dentro de mí la oscuridad no era la misma que en otoño. No se había disuelto, pero había cambiado de nombre y tenía un rostro. De golpe, el miedo irracional y descabellado se transformó en temor. De puntillas, equivocándome a menudo de camino, tropezando, aturdida por la confusa audacia de mis pensamientos, llegué, a pesar de todo, hasta el umbral de un territorio misterioso.

El territorio de lo sagrado.

Y allí me detuve, conteniendo la respiración. El día de la primera comunión, ante la idea de tener que ponerme aquel vestido blanco, tuve un arrebato de rebeldía. ¿Qué necesidad había de disfrazarse? Jesús debía quererme tal como era, en sandalias y camiseta de rayas.

Arrodillada en el reclinatorio junto a todos los demás, cuando el sacerdote dijo: «*Agnus Dei, qui tollis peccata mundi*», un fuerte sollozo desgarró mi minúsculo pecho.

El Cordero estaba a mi lado, tierno, inerte.

El Cordero estaba a mi lado, conmigo.

El Cordero vivía en mí, silencioso, manso, generoso al ofrecer sus hombros para sostener el dolor del mundo.

11

Mientras tanto mis padres continuaban sus viajes en busca de nuevas metas existenciales. Subían y bajaban de autobuses siempre distintos, la casa se había convertido en su sala de espera; llegaban cubiertos de polvo, cansados, silenciosos, tensos; al más mínimo ruido estallaban discusiones, breves y feroces; lo que iban descubriendo no les daba ninguna satisfacción, o puede que simplemente fueran más felices cuando no estaban en casa. Era el regreso al apartamento-sala de espera lo que los ponía nerviosos.

Nosotros sabíamos que eran frágiles, inflamables, inestables, por eso caminábamos de puntillas, estábamos siempre alerta, preparados para percibir incluso el menor cambio de dirección del viento.

Mi padre se había ido, sin verdaderamente irse. De vez en cuando regresaba y representaba el papel de padre y de marido de los años cincuenta. Vestido con un traje gris, corbata y maletín en mano, iba a trabajar todas las mañanas. Recuerdo vagamente que me acompañaba al colegio. Era licenciado en Derecho y por tanto habría debido —o podido— ejercer de abogado, pero trabajar no era exactamente su vocación. De alguna manera lo consideraba infamante.

La verdad es que era una idea compartida por casi toda la familia. Su tío, tras una vida transcurrida a costa de los demás, a los cuarenta años se vio obligado a buscar un trabajo. Humillación intolerable para él, la cual obvió el primer día de oficina extrayendo una pistola de su maletín de cuero y pegándose un tiro en la cabeza.

Después de unos años como pasante, mi padre se asoció con un sinvergüenza que decía ser armador y juntos idearon algunas estafas que aportarían ganancias seguras y fáciles. Lástima, sin embargo, que no fuera astuto, ni tuviera la habilidad meridional del lado materno de mi familia. Entre el Gato, el Zorro y Pinocho, él sería seguramente Pinocho. Enterró el dinero donde se lo sugirió su socio y se quedó esperando a que creciera el árbol de las monedas de oro para poder pasar el resto de sus días viviendo de rentas. Pero en lugar del árbol sólo crecieron problemas.

En un momento dado se trasladó a Milán. Pero el trabajo que allí hacía fue un misterio. Recuerdo mi desconcierto ante el terrible tema de mi primera redacción: «El trabajo de mi papá.» Aquella tarde fui a la cocina, donde estaba mi madre, con el cuaderno en la mano y le pregunté: «¿De qué trabaja papá?» Después de mirar un rato al vacío, con un suspiro, murmuró: «De procurador.» No tenía la menor idea de lo que quería decir «ser procurador», así que para simplificar, escribí que era dactilógrafo, porque tenía las manos grandes y las uñas cuidadas.

Si alguna vez mi padre fue procurador, lo único que procuró fueron problemas. Regresaba a Trieste de Milán conduciendo un flamante descapotable azul Pininfarina, lo que le hacía ganar puntos a los ojos de mi hermano. Mi madre, en cambio, se ponía furiosa. Lo consideraba —como de hecho era— una exhibición. Un padre de familia no conduce un descapotable a menos que sea tan rico como para tener también un coche normal o una furgoneta con la que llevar a pasear a su mujer y a sus hijos. En consecuencia, por sus dos únicos asientos, el descapotable tenía un significado inequívoco: era el instrumento de un seductor.

«Tus hijos no tienen abrigo —le gritaba— y tú tienes un descapotable. Nos han embargado la casa por tus deudas y a ti no te importa nada. Te paseas feliz luciéndote con tus amigas.»

Y así era, a él no le importaba nada de nada, no consideraba que fuera responsabilidad suya cuidar de sus hijos. Se encogía de hombros y sonreía: «¡No es asunto mío, apañaos!» Y aquel «apañaos» significaba sólo una cosa: «¡Que tu padre se preocupe de vosotros!»

En efecto, fue mi abuelo quien pagó sus deudas y nos mantuvo hasta que mi madre empezó a trabajar.

He observado a menudo la foto de la boda de mis padres. A la salida de la iglesia, el rostro de mi madre aparece radiante de felicidad. No puedo decir lo mismo del de mi padre: ojos esquivos, inquietantes, ojos que no prometen nada bueno.

Cada vez que la miro me duele el corazón. Cegada por el amor y por su juventud, mi madre no se había dado cuenta de a quién tenía de veras a su lado. Si se hubiera casado con un hombre que la hubiera querido, un hombre que fuera tan sólo un poco menos miserable que mi padre, probablemente habría sido la espléndida y apasionada madre que siempre había deseado ser. Desde muy joven había considerado la maternidad lo más bonito del mundo. Cuando las cosas a su alrededor —a nuestro alrededor— empezaron a desmoronarse como blandas rocas de toba, trató durante un tiempo de aguantar, de resistir, de proteger a sus hijos de la ruina.

Aparentaba normalidad, mentía para ocultar el entramado prematuramente deteriorado de su relación. Con la ayuda de una vecina, por la mañana apartaba de la puerta de entrada el cuerpo exánime de mi padre, para que pudiéramos ir al colegio sin saltar por encima de él.

Exánime por el exceso de alcohol.

Durante algunos años aguantó tapando agujeros. Mientras iba de acá para allá, no se dio cuenta de que también dentro de ella algo había empezado a derrumbarse. Estaba convencida de ser como una sólida roca calcárea pero, con el tiempo, la roca calcárea se transformó en un quebradizo yeso y empezó a deshacerse.

La desintegración trajo consigo nuevos planteamientos. En el lugar de una sólida pared apareció una cueva y, de aquella cueva —de aquella puerta abierta a la oscuridad— salió una persona de la que hasta entonces ninguno de nosotros había sospechado la existencia. Un viento gélido acompañó su aparición en escena y aquel viento —el mismo que salía de las cavidades kársticas— la seguía donde quiera que fuera. Parecía salir de un abismo. Metal por fuera, vacío por dentro. Mirar sus ojos daba miedo. Y si era ella la que te miraba, te sentías morir. Su mirada, como la de ciertas divinidades mitológicas, podía convertirte en polvo con sólo rozarte.

Había frialdad, odio, deseo de destruir.

Dejamos de ser sus queridos niños para convertirnos en los hijos de nuestro padre, portadores de una tara genética. Éramos la prueba viviente del fracaso, el lastre que arrastraba con ella de su vida precedente.

¿Adónde había ido a parar la señora que tricotaba aquellas magníficas mantitas celestes, rosa y blancas? ¿Adónde había ido a parar la joven mujer que en las fotos nos abrazaba con una mirada dulce, como si fuéramos la cosa más preciada del mundo?

Lo ignorábamos.

Si lo hubiéramos sabido, habríamos hecho cualquier cosa para que regresara. Nos habríamos enfrentado a dragones, monstruos, sacrificios, magias, empresas heroicas. Pero sólo nos quedaba vivir con una criatura bicéfala. Por un lado, la que se manifestaba en público, la madre maravillosa que todos querrían tener; por el otro, cuando nos quedábamos solos, la criatura mitológica de mirada asesina.

Las dos señoras no se conocían, no se frecuentaban, ni siquiera habían tomado un café juntas. Entre ellas había un muro altísimo, insonorizado, cubierto de esquirlas de vidrio y de alambre de púas. Por desgracia tenían la misma cara, la misma ropa y vivían en el mismo apartamento.

Por eso nosotros vivíamos como caminando sobre una tela de araña. La incertidumbre acompañaba cada uno de nuestros pasos, bastaba una imprevista vibración del hilo para que la dueña de la casa —la araña— veloz y silenciosamente nos cayera encima con su veneno.

Como la mayor parte de los escritores dignos de este nombre, ahora debería hablar de mi precoz pasión por los libros. Mi familia tenía una gran biblioteca y yo, todavía insegura sobre mis piernas, acariciaba el lomo de los libros saboreando el futuro placer que me procurarían... A los cinco años leía ya perfectamente, a los ocho me sumergí en la lectura de *Guerra y paz*, a los diez sorprendía a todos por la perfección de las narraciones que salían de mi pluma... Habría sido muy bonito tener una vida tan maravillosamente hagiográfica. Pero los libros no me importaban prácticamente nada.

Mi gran pasión eran los tebeos. *El ratón Mickey* era el que más me gustaba, pero también estaban *Tiramolla, Il Monello, Capitan Miki** y cualquier otra forma de narración cuyo texto estuviera dentro de una nubecilla. Esperábamos como maná del cielo la llegada a casa de aquellos tebeos de colores que desgastábamos de tanto leer. Gran parte de nuestro imaginario estaba dividido entre Patolandia y Mickeylandia, y probablemente nos sentíamos más cerca de Goofy y del Pato Donald que de la mayor parte de nuestros familiares.

Todavía ahora, cuando hablo con mi hermano, usamos a veces las expresiones onomatopéyicas de los tebeos. *¡Bang, gulp, sigh!* Todos somos hijos de nuestro tiempo.

Sin embargo, teníamos una pequeña biblioteca para niños, porque en aquellos tiempos —una época de escaso o inexistente consumismo— en los cumpleaños se recibían principalmente libros. Se trataba sobre todo de clásicos o de extractos de clásicos. Los libros, comparados con los tebeos, tenían una ventaja innegable: aunque más difíciles de leer, duraban más. Así, en los tiempos en

* Personajes y tebeos italianos de los años cincuenta y sesenta. *(N. de la t.)*

que la constante distracción exterior de los niños estaba aún por llegar, la lectura era un válido antídoto contra el aburrimiento durante los interminables domingos lluviosos.

Me atraían especialmente los libros que tenían animales como protagonistas: *El libro de la selva, Colmillo blanco, La llamada de la selva.* Y además, *Lampo, el perro viajero,* la historia del perro del jefe de la estación de Piombino que solía viajar en tren por Europa, regresando cada vez, infaliblemente, a casa.

Leía sin tener en modo alguno la sensación de que entre las palabras y yo existiera algún vínculo especial. Si hubiera tenido que clasificar mis actividades preferidas, la lectura de libros se situaría hacia el final de la lista. Habría podido muy bien prescindir de ellos sin sentir el más mínimo pesar. La realidad —y la supervivencia— absorbían todas mis fuerzas. No me quedaba mucha energía para entrar en otros mundos. Al margen de eso, era —y lo sigo siendo— una persona a la que le va el ejercicio físico. Montar en bicicleta o explorar el mundo en una canoa, ésas sí que eran actividades totalmente irrenunciables para mí.

Ya adulta he sentido una cierta envidia por los pequeños músicos, los jóvenes matemáticos, los pintores precoces: por todos los talentos que, en definitiva, gracias a una técnica o a un saber ya escrito, se manifiestan muy pronto, para ser más tarde universalmente reconocidos. Para ellos es más fácil sobrevivir al peso devastador del talento; es más, a veces puede ser motivo de grandes satisfacciones. Lo mismo les ocurre a los precoces magos de la pluma, capaces de conmover a las maestras con la belleza de sus redacciones. Ganan concursos de poesía a los trece años, y con veinte ya dirigen una revista, a los treinta son elogiados autores o críticos que con sus opiniones hacen y deshacen en el mundo de las letras.

Pero el niño que atesora otro tipo de profundidad de palabra, ¿cómo puede sobrevivir a su talento?

Puede tener la suerte de dar con una maestra sensible, dispuesta a acogerlo, o una madre que lo quiere, aunque pase horas llorando sin ninguna razón aparente.

Pero puede no tener esa suerte.

¿Y entonces?

Entonces no hay consuelo, no hay sosiego. Cada día, al levantarte, sabes que eres distinto a todos los demás. Sientes constantemente la llamada del abismo y esa llamada —el temor, el pánico de esa llamada— no puedes compartirla con ninguna de las personas que te rodean. No puedes decirle a nadie: «Ayúdame a cargar con este peso.» Nadie te felicitará por el hecho de ser diferente, porque el abismo no te deja ser brillante.

La genialidad amada y reconocida por el mundo está muy lejos de ti. Te quedarás siempre callado o, si abres la boca, será para decir la cosa equivocada en el momento equivocado. Sumergido constantemente en un pensamiento paralelo, no te darás cuenta de lo que el mundo exterior quiere de ti. Así, te volverás cada vez más torpe, más incapaz, más aterrorizado, lúcidamente seguro de que el ambiente a tu alrededor te considera un idiota. Ves la escabrosa desnudez de lo real y pronto comprendes que esa visión no le gusta a nadie. Por traslación, tú tampoco le gustas a nadie. Entonces te encoges, te retraes, intentas desaparecer.

«Cuando eras una recién nacida ya llorabas de una manera diferente a todos los demás niños», me repetía mi madre para tranquilizarme.

Comprendo muy bien a esos niños que, de repente,

saltan por el balcón. Yo vivía haciendo pruebas diarias de asfixia. Tumbada debajo de la cama, aguantaba la respiración cada día más. Estaba convencida de que, antes o después, lograría vencer aquella fuerza que en un momento determinado me obligaba a regresar a la superficie y a abrir la boca.

12

Mi abuela materna era una persona de una inteligencia extraordinaria. A la agudeza de la mente unía ese maravilloso don que es la ironía sin sarcasmo. Mujer inquieta, muy avanzada para su tiempo, decía con frecuencia que se había casado con el abuelo para mejorar la genética de nuestra familia. Tenía muchos pretendientes, contaba, pero sus manos blandas y sus vocecitas trémulas no prometían nada bueno.

«Cuando conocí a vuestro abuelo en un baile, comprendí de repente lo que de verdad era un hombre.»

En aquellos tiempos, para una hija de la alta burguesía centroeuropea, querer casarse con un hombre que procedía de las montañas del centro de Italia era más o menos como, ahora, casarse con un emigrante clandestino del Kurdistán. Dado que era todavía menor de edad, para oponerse a esta pasión, la familia la mandó a casa del tío Ettore, que trabajaba en uno de sus negocios en Londres. Confiaban en que el tiempo y la distancia le hicieran olvidar aquel partido tan poco interesante. Pero no fue así, y en cuanto alcanzó la mayoría de edad, mi abuela regresó a Trieste y contrajo matrimonio con el apuesto teniente de oscuros orígenes. En estas palabras alegremente irónicas creo que hay un fondo considerable de verdad.

En una pared de mi casa de Trieste está colgada una foto de familia en blanco y negro. Data de 1930 o 1931 y representa a mi tatarabuela, Olga Moravia, sentada en la veranda, rodeada de todos sus nietos. Tiene en brazos a dos recién nacidas, mi madre y su prima Dora. Está ahí no por afecto o nostalgia, sino simplemente como una admonición.

La mayor parte de aquellos niños y niñas que sonríen en sus trajes de marinero ha sido segada por un destino de destrucción. Drogas, suicidios, alcohol, guerras, persecuciones y trastornos mentales los barrieron uno tras otro antes de tiempo.

La sangre del abuelo, una sangre acostumbrada a la supervivencia primitiva, era muy distinta a la de aquellos marineritos que crecieron bajo la mirada atenta de sus *nannies*. Había energía, fuerza, salud, además de la voluntad tenaz de seguir, siempre y en cualquier caso, hacia adelante, sobreponiéndose a todas las dificultades. Puede que fuera aquélla la fuerza, que en los intentos de asfixia, me obligaba a abrir la boca. Y es esa fuerza la que, en los muchos momentos oscuros de mi vida, me ha permitido, siempre y en cualquier caso, seguir adelante e imaginar un futuro en el que las cosas serían de otra manera.

Entre los relatos de la infancia de mis abuelos —ella iba al colegio en una calesa tirada por ponis engalanados, sintiéndose avergonzada cada vez que cruzaba los barrios obreros en torno a la fábrica, y él trepaba por los palos de la cucaña en los valles circundantes esperando alcanzar alguna ristra de salchichas— había un abismo espaciotemporal que me resultaba difícil de llenar.

De pequeños, nuestros primos y nosotros íbamos a comer con ellos los domingos. Recuerdo muy bien su casa, contrariamente a lo que me sucede con la de mis abuelos paternos, y también la sensación de bienestar que me procuraba entrar en ella. Se comían grandes platos de espaguetis —plato étnico introducido por el abuelo— y había cosas exclusivamente para nosotros: una caja con lápices de colores y hojas de papel, un libro ilustrado y tres discos que, con el permiso del abuelo, podíamos escuchar las veces que quisiéramos, poniéndolos en el tocadiscos instalado en un mueble grande de madera.

Uno de los discos hacía revivir la historia de *Bambi*, el segundo la de *Los tigres de Mompracem* y el tercero incluía las terribles cancioncillas de un clásico alemán: *Struwwelpeter*.

El libro correspondiente estaba también en aquel mueble y sus ilustraciones a plumilla siguen grabadas en mi memoria. Se trataba de un pequeño volumen supuestamente pedagógico que, con sus espantosos ejemplos, tenía como finalidad transformar a los niños de pequeños salvajes exasperantes en virtuosas criaturas. Los distintos cuentos tenían todos un final edificante. Un sastre que surgía de golpe de detrás de una cortina le cortaba de cuajo el pulgar a un niño que se lo chupaba, mientras el pobrecillo miraba su dedo mutilado en medio de un charco de sangre en el suelo. A esta historia, que le producía escalofríos hasta a mi hermano, le seguía la de la dulce Lisetta, que también era algo traviesa. Ella, en lugar de chuparse el dedo, jugaba con cerillas a pesar de que sus padres se lo habían prohibido. Imagen número uno: Lisetta juega con los fósforos, tiene la mirada embelesada y feliz. Imagen número dos: su ropa se prende fuego. Imagen número tres: dos gatitos que lloran desconsolados ante un montón de cenizas con zapatitos rojos, todo lo que queda de la pobre Lisetta. ¿Y qué decir de Gasparino, que no quería comerse la sopa? Pataletas hoy, pataletas mañana, y al final, del lustroso niño no queda más que un cúmulo de tierra con una cruz y, encima, una gran sopera humeante.

En cuanto al niño Filippo, aún recuerdo la cancioncilla que cantaba siempre con mi hermano. «¡Se balancea, se balancea, Filippo se balancea! ¡Se balancea, se balancea y después ya no está!» En efecto, Filippo tenía la costumbre de balancearse con la silla durante la comida, desoyendo las repetidas llamadas de atención de sus padres. Hasta que al final sucede lo inevitable. La mesa se vuelca con todo lo que tenía encima, lo aplasta y lo mata.

Todavía ahora, cuando pienso en la portada de aquel libro —un niño mugriento, apestoso y despeinado con unas uñas tan largas que casi le llegaban hasta los pies— no puedo evitar tener una sensación de profundo desasosiego. Impiedad, encarnizamiento y sadismo —llevado hasta la muerte— era el destino de los niños que destacaban un poco.

Aparte de este libro —que constituía el único punto oscuro de aquellos días—, en casa de los abuelos se nos permitía coger mantas y trapos para construir entre las sillas casitas donde pasar la tarde. El abuelo tenía una visión benévola de la infancia, no era ni darwiniano ni domador. Aunque fuera severo con nosotros, tenía siempre una actitud positiva. La vida —creo que pensaba él— ya conlleva bastantes dificultades como para inventarse otras que amarguen a los niños. A la abuela le gustaba hacer pasteles y a menudo, por la tarde, nos preparaba hojuelas.

Sin embargo, durante toda mi infancia no he tenido ninguna relación especial con ella. Fue precisamente mi abuela quien me confesó, cuando yo ya era mayor, que era imposible relacionarse conmigo. «Me daba miedo incluso mirarte —me dijo una vez—. Estabas siempre callada, quieta, con la mirada perdida en un mundo inalcanzable.»

Eso. ¡La mirada! ¿Dónde se posaba?

Donde no debería haberse posado.

Las lágrimas que acompañaron la ceremonia de mi primera comunión fueron una de mis últimas grandes lloreras. Aún no lo sabía, pero, al cabo de poco tiempo, las lágrimas que tan abundantemente derramaba en las situaciones más imprevisibles desaparecerían, transformando su esencia acuática en otra tan sólida como el hielo. Mi iceberg me esperaba dócil, como el molde de un huevo de Pascua. Bastaba entrar en él y cerrar la puerta.

Todos los llantos no llorados se acumularon en torno a mi persona, creando una coraza inexpugnable. Ese espesor transparente y glacial me permitió seguir adelante. Ningún sentimiento me afectaba. Era, quería ser, sólo una autómata que obedecía órdenes. Hasta los lobos y las brujas, molestos por tanta indiferencia, empezaron a desaparecer.

La imperturbabilidad fue la manera de vivir —mejor dicho, de sobrevivir— durante mi segunda infancia. No apegarse a nada, no sentir nada. Hay personas que se someten a años de privaciones, a ejercicios extenuantes, a maratones de meditación para tratar de alcanzar ese estado, al cual yo llegué por caminos absolutamente naturales.

Hacia los ocho o nueve años, entre el pequeño Buda y yo no existía ninguna diferencia. No tenía deseos, no tenía apegos. Sentir algo, ligarse a algo, sólo significaba una infinidad de sufrimientos.

A todo el mundo le ofrecía una sonrisa enigmática, una docilidad total, una mirada aparentemente impávida. De vez en cuando, para no crear demasiada consternación a mi alrededor, fingía interesarme por las cosas que normalmente atraen a los niños. Me quedaba sentada en la cima de una montaña mientras la vida tenía lugar abajo, en los valles. De todos sus ruidos, con los cambios de viento me alcanzaba apenas un eco..., el mugido de una vaca que se ha perdido, el frenazo de un coche.

Los lobos, las brujas y los esqueletos fueron sustituidos en mi mente por la fosa de las Marianas, el abismo oceánico de once mil metros de profundidad situado cerca de las Filipinas. Aquel descubrimiento, como el de los icebergs, lo hice gracias a la colección de cromos *Genti e Paesi*. Venía a ser un remolino enorme que, como un embudo terrorífico, se hundía vertiginosamente hacia las profundidades más oscuras de la tierra.

Muy pronto, el ruido de aquel remolino empezó a poblar mis días y mis noches. *Vuoom, vuuomm, vuuom.* Aunque estaba muy lejos del Adriático, sabía que entre él y yo existía una relación profunda, establecida por el destino.

Hacía pocos años que un ser humano había logrado descender hasta alcanzar el fondo. No lo hizo con gafas acuáticas y aletas, sino con una especie de pequeño submarino redondo. Aquel batiscafo se llamaba *Trieste*, no por una casualidad sentimental sino porque había sido construido en el astillero San Marco, a pocos centenares de metros de donde yo había nacido y crecido. Mientras daba mis primeros pasos y oía, sin saber lo que era, la lúgubre sirena de los astilleros, ya estaban martilleando el casco, *clonc, clonc,* con el que se realizaría la hazaña.

En 1960, cuando ingresé en párvulos, el batiscafo con dos personas a bordo —un oficial y un oceanógrafo, Jacques Piccard— bajó a los abismos lentamente. Necesitó varias horas para llegar al fondo y se detuvo unos veinte minutos a once mil metros. Descendieron los dos solos, o al menos así lo creyeron, porque en realidad yo estaba con ellos. Con la diferencia de que ellos reemergieron aquel mismo día mientras que yo me quedé viviendo allí abajo bastante tiempo.

La vorágine, el abismo, la nada.

Un agujero de dos mil quinientos kilómetros de longitud y once mil metros de profundidad, tres mil metros más que los que tiene el Everest de altura. Pero mientras el Everest tenía el apoyo de la solidez de la roca y, además, se erguía hacia lo alto, hacia la luz y los espacios abiertos del cielo, la fosa se hundía en la oscuridad, y su movimiento arremolinado era centrípeto, por lo que aspiraba y engullía sin piedad todo aquello que se le acercara.

Once mil metros.

¿Hasta cuántos metros habría luz?

Ya en el balneario Ausonia, cuando miraba hacia abajo, donde el agua era profunda, sentía un gran desasosiego. En la playa de Grado se veía la clara arena, la alfombra de algas que se mecía lentamente, pero allí no, sólo había aquel azul negro que podía ocultar cualquier cosa. Los tiburones ocupaban el puesto de los lobos con toda tranquilidad; las rayas, con sus descargas, al final resultaban ser peores que las brujas. Pero ni siquiera ellos eran capaces de llegar hasta los mil, dos mil, cinco mil metros. La presión de la masa del agua los transformaría rápidamente en tortitas.

El abismo, en lugar de estar vacío, lo habitaban monstruos.

No había luz en esas profundidades, pero aquellas espantosas criaturas eran fluorescentes, por eso podíamos verlas. ¿Ver qué? Sobre todo enormes hileras de dientes afilados, algunas colas, mandíbulas de dimensiones extraordinarias, aletas, colmillos, lanzas, dardos venenosos y el repentino abultamiento de un estómago.

En la fosa de las Marianas, la existencia exhibía su más profunda y desnuda verdad. Vivir es devorarse mutuamente. Devorar y ser devorado. El abismo, con su oscuridad en perpetuo movimiento, no consentía la mentira.

Estaba la fosa de las Marianas del océano Pacífico, pero también había otras fosas de las Marianas esparcidas en la falsa quietud de los días. Aunque todos hicieran como si nada, resultaba claro que nos encontrábamos siempre suspendidos sobre un abismo. Bastaba una minucia, la más mínima distracción, para dar un paso en falso y hundirse en aquellos siniestros fulgores, entre las lanzas, los colmillos y la ferocidad de los dardos.

Un día tuve una pataleta tremenda antes de la clase de natación. Fue la abuela quien me llevó a la piscina, así que sabía que tenía alguna posibilidad de salirme con la mía. Me aferré a la puerta del seiscientos, un fuerte viento me zarandeaba, pero me daba igual. Solté la puerta del coche y me tiré al suelo. Por suerte la abuela no tenía dotes de domador y la idea de arrastrarme por el brazo como un peso muerto hasta los vestuarios ni siquiera le pasó por la cabeza, así que, mientras me debatía sobre el asfalto, dijo: «Está bien, nada de piscina por hoy.»

Sin embargo, antes de poner el coche en marcha me

miró fijamente y me preguntó: «¿Qué pasa? ¿Qué va mal?»

Fijé la mirada vacía de niña-iceberg en el salpicadero. «Nada —repetí con voz temblorosa—. No sé, nada.»

A decir verdad, yo sabía muy bien lo que me pasaba. La piscina tenía un enorme tapón en el fondo y aquel tapón podía saltar en cualquier momento. La aspiración sería entonces potente y rapidísima. A pesar de los flotadores, en pocos segundos, el abismo nos engulliría a todos. No se trataba de una simple rabieta, sino del intento de evitar un infausto destino.

Sólo muchos años más tarde, ya adulta, leí la declaración de Jacques Piccard a su regreso a la superficie: «Pensaba que encontraría una oscuridad total allí abajo; en cambio, en un momento dado, con gran sorpresa por mi parte, el fondo apareció luminoso y claro...»

13

Siempre me he mareado.

Durante nuestras excursiones al Carso, desde el asiento del conductor, el abuelo no paraba de darme consejos: «Ponte derecha, mira hacia delante, abre la ventanilla...» A pesar de eso, las náuseas y el mareo aumentaban de manera imparable, y a la primera curva algo más cerrada sucedía lo inevitable.

El mismo tipo de náuseas me invadía cuando acompañaba a mi madre en sus peregrinaciones artísticas. Además del sueño de ser madre, otro que cultivaba desde la adolescencia era el de poder frecuentar la Academia de Bellas Artes de Venecia. Pero su padre, un hombre chapado a la antigua, no se lo permitió y, así, decidió contraer matrimonio con el joven del que estaba profundamente enamorada.

En el momento en que la estructura de su vida empezó a desmoronarse y la casa se convirtió en el vestíbulo de una estación, decidió coger el autobús que la llevaría finalmente al País del Arte. El hermano del famoso pediatra era escultor y, a través de él, frecuentó a un grupo de pintores de su generación. A menudo salía con ellos. En el fondo, era joven, muy mona y llena de vida. Era natural que para quitarse de encima los escombros de su matrimonio fuera a divertirse.

Recuerdo que una noche nos llevó a una fiesta con ella. Creo que por razones principalmente meteorológicas —no debe de ser agradable estar en el piso número treinta con un viento que sopla a 150 kilómetros por hora— en Trieste existen pocos edificios altos, y uno de ellos se levantaba en el barrio de Le Rive y lo llamaban el Rascacielos.

La fiesta tenía lugar allí arriba. Había muchísima gente, chicas en minifalda y con peinados tipo alcachofa, jóvenes en vaqueros con los bajos recogidos por fuera, música de jazz que sonaba estrepitosa en un tocadiscos, mucho humo, una cantidad desmesurada de botellas, risas, tintineo de vasos. Nos aparcaron en un sofá de la entrada y allí nos quedamos hasta que nos venció el sueño.

El aparcamiento en sofás, sillones o sillas fue bastante habitual durante aquellos años transcurridos en el mundo del arte.

Mientras, mi madre se hizo amiga de Umbro Apollonio, el entonces director de la Bienal, y, así, el Lido de Venecia se convirtió en nuestra segunda casa durante el verano. Recuerdo el aburrimiento de comidas interminables, cenas infinitas, largas esperas, discursos incomprensibles que debíamos soportar sin protestar.

A veces la hija de Apollonio, Gabriella, nos llevaba a los jardines, pero estas visitas constituían un alivio de breve duración. Además de las comidas y las cenas, estaban las fatídicas exposiciones. La Bienal a puerta cerrada. Y visitar una exposición significaba permanecer inmóviles durante horas, encogidos en una silla, con barrigas y piernas que te pasaban constantemente por delante. De vez en cuando, alguna cara desconocida se inclinaba sobre ti y te preguntaba: «Cuando seas mayor ¿serás artista como tu madre?» Dado que era la niña-iceberg, la niña-vorágine, el «no» que salía de mi boca resultaba más bien débil, pero el que resonaba dentro de mí era potente como un rugido. ¡NOOO! Jamás sería artista, por nada del mundo. ¿Por qué debería aburrirme de aquella manera?

Y además, aunque eran todos pintores, de sus pinceles y telas, con gran sorpresa por mi parte, no salía nunca nada que yo pudiera comprender: un árbol, una casita, un rostro, nada. Tan sólo cubos, círculos, rayas, rombos, triángulos, preferentemente de color blanco y negro, o metales brillantes, chapas que giraban suspendidas en el aire con invisibles hilos de nailon.

Era el inicio de los años sesenta y hacía furor el Optical Art con su abstracción geométrica. Lo que estaba en juego ya no era el corazón sino la retina; los sentimientos elevados se habían transformado en objeto de estudio de la psicología experimental. Tal era el pensamiento de su fundador, Victor Vasarely, al que todos se habían adecuado inventando formas geométricas siempre nuevas, cada vez más incomprensibles a mis ojos y que presagiaban espantosas oleadas de malestar. Más que sobre psicología experimental, aquellos cuadros me parecían experimentos de gastroenterología. ¿Hace vomitar? ¿No hace vomitar? Probablemente éste era el baremo con el que se juzgaban las obras.

Todavía recuerdo en una exposición de mi madre un enorme cubo naranja cubierto de los habituales jeroglíficos geométricos. Pero el exterior del cubo no tenía casi nada. Si se tenía la desgracia de posar el ojo sobre una especie de catalejo introducido en uno de sus lados, el cubo comenzaba a oscilar y de esta manera el Optical Art encerrado en la caja se convertía en un efecto óptico a la enésima potencia, capaz de desencadenar, no la náusea de las suaves curvas de la meseta del Carso, sino las más violentas del paso del Stelvio.

Por lo menos con nuestros queridos tebeos lográbamos desquitarnos. De hecho, en Mickeylandia y en Patolandia solía suceder que Daisy, Minnie y la Vaca Clarabella se extasiaran ante incomprensibles garabatos en las exposiciones de arte moderno, pero por suerte Goofy o el Pato Donald, con sus desafortunados comentarios, expresaban la verdad sobre aquellos indescifrables trazos.

Hace un par de años, mi hermano —que compartió conmigo toda esa formación en el Optical Art—, en recuerdo de aquellos días nauseabundos, me trajo de Finlandia una camiseta que llevaba escrito: «¡He conseguido escapar del Museo de Arte Moderno!»

Exactamente lo que nosotros, entonces, habríamos querido hacer. Huir lo más lejos posible de lo actual y de lo factual, de la práctica de lo factual y de la realización de lo actual. Huir del mundo del aburrimiento pomposo aliñado con palabras altisonantes. Huir para pasar tardes enteras tumbados en el suelo dibujando batallas, bombardeos, explosiones, fortines de nordistas, ataques de indios, casitas con chimeneas y árboles, cielos con estrellas: todo un mundo que, para nuestros ojos de niños, todavía tenía sentido.

En su camino de intelectualización artística, mi madre no descuidaba nada. Tenía que recuperar el tiempo vanamente perdido persiguiendo el sueño de convertirse en una perfecta madre de familia. Así, una noche se tumbó en el sofá con un libro en la mano y sobre aquel sofá, con el mismo libro, permaneció tumbada durante años.

El tiempo de la lectura era sagrado.

Prohibido hacer ruido, prohibido tener cualquier necesidad o escenificar las habituales escaramuzas de supervivencia a las que me sometía mi hermano. Nos desplazábamos por la casa silenciosos, en zapatillas, y para hablar entre nosotros usábamos el mismo tono que se usa en los funerales.

Murmullos, susurros, suspiros.

Tumbados en el suelo la mirábamos desde abajo. En la portada blanca del libro había la fotografía de un señor con bigotes y, encima, un nombre: «Marcel Proust.»

Con el tiempo, el señor Proust, con sus bigotes y su sonrisa displicente, se convirtió en nuestro enemigo jurado, en el argumento de nuestros conciliábulos secretos. Todo el tiempo que habría podido pasar con nosotros se lo dedicaba a él, y no comprendíamos la razón.

¿Qué podía haber en aquellas páginas que fuera tan interesante? ¿Eran páginas de Op Art? ¿Páginas que hipnotizaban?

Unos meses más tarde, aprovechamos un día en que estaba especialmente de buen humor para preguntarle:

—Pero ¿cuándo se termina ese libro?

—Ya lo he terminado —nos respondió—. Éste es otro.

La miramos estupefactos. El señor Proust seguía allí, en la portada blanca, y el título era siempre el mismo, pero mi madre decía que era otro.

¿Acaso nos tomaba el pelo?

A ese otro, sin embargo, le siguió otro, y después otro más. Con el tiempo nos invadió una especie de sombría resignación. Era inútil competir con aquel tipo de bigotes para obtener más atención, porque resultaba evidente que el señor Proust —Marcel, Marcello, el nombre ya me parecía odioso— tenía mejores cartas que nosotros.

De mayor le pregunté a mi madre sobre su relación con la *Recherche.* «He leído la obra completa una vez —me respondió—, y en cuanto la terminé, empecé de nuevo, para saborear en profundidad cada una de sus frases.» ¡Por fin se desveló el tiempo infinito de nuestra *Recherche*!

Nuestro primer encuentro con un artista se remonta a aquella época. En realidad, en la Bienal ya habíamos conocido a muchos —entre ellos, recuerdo a Miela Reina y Getulio Alviani—, pero eran personas más o menos de la edad de mi madre, que comían y bebían con nosotros, por lo que no me quedaba clara la diferencia entre un artista y un conductor de autobús.

En definitiva, ser artista me parecía una profesión como cualquier otra y era evidente que entre un artista y un conductor de autobús yo elegiría al segundo.

Pero un día sucedió algo especial. Mi madre nos llamó a la cocina y nos dijo:

—Esta noche vendrá a cenar un gran artista.

—¿Cómo de grande? —preguntó entonces mi hermano, siempre interesado en todo lo físico.

—Grandísimo. Un grandísimo poeta.

A este anuncio le siguió el decálogo de la domadora, con todo lo que no debíamos hacer en aquella ocasión. Aparte de respirar, se nos concedió bien poco. Pasé el resto del día absorta en mis habituales elucubraciones. Si era tan grande, debía de ser mucho más alto que mi padre, que ya era alto. ¿Podría pasar por la puerta o tendría que inclinarse, como si entrara en una cueva de enanitos? ¿Y las sillas y la mesa? ¿Serían las apropiadas? ¿O nos encontraríamos en la misma situación que Ricitos de Oro cuando entró en la casa de los tres osos? A lo mejor aquella tarde, pensaba, alguien traería una silla gigante...

Y además, ¿qué quería decir «poeta»?

La única relación que había tenido con la poesía fue un cinco que recibí como nota en segundo de primaria. Era octubre y teníamos que aprender de memoria una composición poética que conmemoraba la hazaña de Cristóbal Colón, titulada *Las tres carabelas.* Interrogada por la maestra me puse de pie y permanecí callada. En lugar de carabelas me venían a la mente sólo caramelos y, en torno a ellos, el vacío más absoluto.

Por la tarde le pregunté a mi hermano:

—¿Crees que nos preguntará algo?

—No, no creo —me respondió, pero no parecía muy convencido.

Finalmente llegó la hora de la cena. El timbre sonó, la puerta se abrió y apareció un hombre pequeño, un poco curvado, de cabellos blancos y ojos azules penetrantes en un rostro surcado de arrugas. Mi madre cogió su abrigo moviéndose con cuidado, como si se tratara de un objeto extremadamente frágil.

Por supuesto que no se nos permitió comer con ellos, pero el poeta, una vez sentado a la mesa, nos llamó a su lado. A mí me pidió papel y fui enseguida a por la agenda al lado del teléfono. Se la di y él se sacó del bolsillo una pluma estilográfica negra y grande, le quitó el capuchón y se puso a escribir...

Magia extraordinaria, todas las palabras eran de color verde.

¡Misterio desvelado!

¡Las poesías son palabras verdes!

Al día siguiente, en el colegio, tuve por fin algo interesante que contar. No veía el momento de revelar lo que había descubierto la noche anterior, así que levanté la mano y dije:

—Señora maestra, ¡he conocido a un gran poeta!

—¿Ah, sí? ¿Cómo se llama?

—Ungaretti. ¡Giuseppe Ungaretti!

La maestra sacudió la cabeza, desolada.

—¿Por qué eres tan mentirosa?

14

Conforme progresaba en la observación de lo real, hacia los ocho años se produjo un importante cambio en mí. Las experiencias vividas hasta entonces me habían hecho comprender que la vida era caos, arbitrariedad. No existía un sentido, un hilo rojo que mantuviera ligados los días. El mundo del arte no proporcionaba ninguna ayuda. El de los afectos no era muy distinto de una gigantesca laguna estigia que engullía una tras otra a las personas haciéndolas desaparecer para siempre.

En cuanto al Habitante de los Cielos, tampoco te podías fiar mucho. Además de las órdenes demenciales que solía dar a los hombres —y que yo no había olvidado en absoluto— mientras caminaba por la ciudad me enteré de otro problema que me atormentó bastante.

Para llegar a la casa de mis abuelos, pasábamos delante de una enorme iglesia coronada por maravillosas cúpulas de color celeste. Un ángel, formado por teselas doradas, con una espada en una mano y una balanza en la otra, presidía la fachada.

Era la iglesia ortodoxa serbia, me dijeron.

Desde las ventanas de los abuelos divisaba otras cúpulas de color celeste, un poco menos abombadas.

Eran las de la sinagoga.

Cuando regresábamos a casa, pasábamos por delante de un edificio blanco —con dos campanarios a los lados— del que un día, durante las vacaciones de Navidad, vi salir una fila de personas que seguían un crucifijo. La pequeña procesión alcanzó el muelle Audace y el que parecía ser el sacerdote, como si se hubiera vuelto loco de repente, lanzó el crucifijo al agua. De inmediato, unos jóvenes se desnudaron y se tiraron a las gélidas y malolientes aguas para recuperarlo.

Me dijeron que era una ritual de la iglesia ortodoxa griega.

Entonces, de golpe, vi claramente el problema que había que resolver.

¿Había un solo Dios o existían muchos?

Si eran muchos, ¿cómo hacían para repartirse las cosas en el Cielo? ¿Acaso había barreras allí arriba, puestos fronterizos, como los del Carso, en los que se debían enseñar los documentos? En mi familia convivían tres religiones: la hebrea, la católica y la ortodoxa. ¿Sería posible estar todos juntos en el Más Allá? ¿O nos saludaríamos fugazmente de lejos, a través de un agujero en el muro o en la alambrada?

Y además, volvía a asomar la misma pregunta que me había formulado con respecto a la Trinidad. Si son tantos, ¿quién manda? ¿Lo hacen por turnos o cada uno manda sólo sobre un sector? Me parecía lógico que cada uno mandara en el sector de sus devotos. Cada uno con sus reglas y sus prohibiciones.

Pero ¿quién regía la Naturaleza entonces?

El sol salía cada día y se ponía cada tarde, para reaparecer por el otro lado del mundo. Las estaciones se sucedían con absoluta precisión y las plantas y los animales se adaptaban a esos cambios con total naturalidad.

¿Quién dirigía toda esa extraordinaria complejidad?

Por mucho que me interrogara sobre la real consistencia y omnipotencia de Dios, no lograba encontrar respuesta alguna.

Tras haber mantenido durante todos aquellos años mis pensamientos constantemente dirigidos hacia lo alto, de repente, cambié de dirección y miré hacia abajo. Visto que de ahí arriba no se entendía gran cosa, podía al menos tratar de comprender lo que sucedía aquí abajo. No entre los hombres, naturalmente —terreno minado del que me había retirado hacía tiempo—, sino entre las cosas reales.

Las piedras, las semillas, las flores.

Desde que tengo memoria de mí misma, me han fascinado las plantas que despuntan en el asfalto: la parietaria, con la que Gianna hacía colgantes y collares, y el jaramago que aparecía de repente en la grisura como pequeños y espléndidos soles. La acera era muy dura comparada con los tallos y, sin embargo, las frágiles y tiernas hierbas verdes eran capaces de ganar la batalla abriéndose camino hacia la luz. Por lo tanto, abajo había algo verdaderamente interesante que indagar. La apariencia podía ser vencida por alguna otra cosa cuyo nombre aún no conocía.

¡El nombre!

Ésa era la gran pregunta que planeaba sobre aquellos días. En un momento dado me di cuenta de que desconocía el nombre de muchas cosas. «¡Mira, pajarillos!», me decían, pero existía una gran variedad de pajarillos, unos marrones, otros grises, otros casi del todo amarillos, todos completamente distintos los unos de los otros. Lo mismo sucedía con las hierbas, todas diferentes y sin embargo, todas banalizadas en una única denominación.

Pensé entonces que todo lo que sucedía bajo mi mirada debía tener la dignidad de un nombre.

En realidad, me había hecho muchas preguntas sobre los nombres de las cosas cuando, con siete años, empecé a estudiar alemán. Me daba clase una vieja amiga de mi abuela en una casa enorme, espectral y chirriante. En la penumbra, apoyada en el borde de una austera mesa, permanecía una hora con la severa señora inclinada sobre un libro que debió de ser editado inmediatamente después de la Gran Guerra.

En aquellos tiempos no existían métodos didácticos avanzados, se aprendía de memoria, no había más. *Der Ball, der Hund, die Kuh, die Mutter, der Bruder, die Kinder.* Una vez en casa, aquellos nombres seguían dando vueltas en mi cabeza.

Además del alemán mis oídos reconocían el francés porque mi bisabuela, nacida en Marsella, solía intercalarlo con el italiano, sobre todo cuando no quería que la comprendiéramos nosotros o la criada. Mi madre y mi abuela también acostumbraban hablar ese idioma para excluirnos de las conversaciones.

Así, un día, al regresar a casa me tumbé debajo de la mesa y me puse a pensar: ¿qué es esto que está encima de mí?

¿Una mesa, *der Tisch* o *la table*?

¿El nombre hace la cosa o la cosa hace el nombre?

¿La madera hace la mesa, son las cuatro patas y el tablero, o es el nombre?

Y si pronuncio el mismo nombre en otra lengua, con otro sonido, ¿cambia su naturaleza o permanece inmutable?

¿Y si una cosa no tiene nombre?

En fin, ¿quién decide el nombre de las cosas? El de los niños lo deciden los padres, pero ¿y todo lo que existe que no tiene padres?

El nombre como interrogante ya era el principal de mis pensamientos, pero ahora entraba en una nueva fase. Una fase de exploración intelectual porque, llegada a ese punto, quería saber el nombre de todas las cosas. Si la falta de sentido atenazaba el mundo, sólo existía un camino para seguir adelante, sin hundirse en los miasmas de la laguna estigia.

El camino del orden.

Nombrar las cosas significaría atribuirles un destino y por lo tanto, de alguna manera, apuntalar el caos existente.

En aquel momento nació mi pasión —que todavía persiste— por las ciencias naturales. El hecho de dirigir la mirada hacia abajo me hizo descubrir primero las piedras. Ellas constituían la superficie externa de la bola de fuego que ardía debajo de nosotros, ellas nos permitían caminar sin quemarnos la planta de los pies.

En los paseos dominicales, sin embargo, sólo me encontraba con la tenaz opacidad del calcáreo kárstico o con los guijarros desgastados por las olas diseminados en las escasas y pequeñas playas del golfo, mezclados con fragmentos de cerámica y cristal. Cuando descubrí en una feria una enciclopedia de Ciencias Naturales para niños —que me compraron por puro milagro—, se abrió ante mí el maravilloso mundo de los cristales. Bajo la monótona grisura que acostumbraba ver, se ocultaban unas joyas de insospechable belleza.

Pero lo que el ojo veía no era más que una parte de la belleza, la estética. La belleza más secreta la constituían las leyes geométricas que hacían que aquellas estructuras existieran. El sistema isométrico, el ortorrómbico, el hexagonal, el triclínico y el monoclínico constituían la espléndida esencialidad de aquella materia. Aquel privilegio —revelaba el libro— no estaba reservado sólo a las maravillas de la Naturaleza, que se podían admirar en un museo o en las vitrinas de una joyería, sino que configuraba una buena parte de la realidad que nos rodeaba. La taza en la que bebía leche, el azúcar con el que la endulzaba, formaban parte del sistema cristalino: disposiciones regulares de átomos unidas por fuerzas eléctricas.

Detrás del aparente caos, las cosas estaban reglamentadas por las férreas leyes de la física y de la química. Y esas leyes, aunque invisibles, me resultaban extraordinariamente tranquilizadoras porque representaban regularidad y perfección, y de la regularidad y la perfección surgían una belleza y una harmonía que ningún Optical Art podría nunca expresar.

15

En lo más profundo de cada vida fluye una sabiduría secreta que hace llegar las cosas justas en el momento justo. En la concreción de los días que pasan, es difícil advertir esta ley tan discreta, pero llegados a una cierta edad, si nos damos la vuelta y contemplamos el desarrollo de los acontecimientos, resulta más fácil ver el hilo misterioso que, apareciendo y desapareciendo con regularidad, ha ligado entre sí nuestros días.

Para mí, la irrupción de las ciencias naturales fue un ancla de salvación lanzada un momento antes del naufragio. En el mundo de incontrolada locura en que había crecido, de golpe empezó a manifestarse un orden. Y ese orden quería decir estabilidad, serenidad, un proceder metódico en un camino ya trazado por otros.

Empecé por adueñarme de los nombres. Y poseer los nombres, de alguna manera, significaba apropiarse de la realidad. Ser dueño, no víctima. Mi interés fue expandiéndose en amplios círculos concéntricos desde los minerales hasta otros ámbitos de la ciencia.

Primero la ornitología, después los insectos, los árboles y las flores, los micromamíferos y los mamíferos que no eran micro. Tenía siempre la enciclopedia entre las manos y la leía continuamente sin cansarme, del Abedul a la Zuma. Todavía ahora, a veces me despierto por la mañana pronunciando «Oricteropo» o «Berilo», fragmentos del saber que aún navegan en las profundidades de mi mente.

Entre cumpleaños y san Nicolás, a la enciclopedia se añadieron con el tiempo otros libros, los primeros, los dos gigantescos volúmenes de Brehm. Este nombre —Alfred Brehm—, hoy desconocido para la mayoría, era entonces una verdadera celebridad entre los apasionados de las ciencias naturales. Aquellos dos volúmenes fueron para mí como una alfombra mágica voladora. Los abría, me tumbaba encima, y con ellos volaba hacia mundos maravillosos. A Brehm le siguió Jules Renard, a Renard, Fabre, con sus historias de escarabajos peloteros. Habría dado cualquier cosa por ver a uno de ellos en acción. Sólo de mayor he tenido esa suerte cuando atravesaba un yermo en los Apeninos.

En verano, en la playa de Grado, recogía conchas. No dejaba de asombrarme la extraordinaria audacia de sus formas. Como en los minerales, física y química se unían para crear una cosa inimaginable y mágica, porque, incluso en casa, en pleno invierno, apoyando la oreja sobre sus bordes se podía oír el ruido del mar. Pero contrariamente a los minerales, ahí dentro había vida. La concha hospedaba a un ser vivo que con sus secreciones era capaz de construir aquellas obras de arte arquitectónicas.

¡Qué programa de ordenador puede compararse con un pequeño gasterópodo que plasma volutas y arcos dignos de una catedral barroca! Lo que yo más sentía era haber nacido en Trieste y no en algún atolón del océano Índico o en plena selva amazónica.

Con frecuencia iba a la Piazza Hortis a visitar el extraordinario museo de Ciencias Naturales. Entre otras muchas cosas, había —digo «había» porque lo desmantelaron y lo trasladaron por la falta de visión de los políticos locales— una importante colección de conchas y yo pasaba horas observándolas una por una, maravillándome de que todo lo que provenía de mares lejanos tenía una complejidad y una belleza decididamente superiores a lo que procedía de los nuestros.

Se podía decir lo mismo de las mariposas. Lo máximo que podíamos pretender en nuestra región era ver una *Vanessa*, un *Papilio*, una *Saturnia pyri*, mientras que en el Amazonas volaban unas especies de sábanas iridiscentes: mariposas enormes de espléndidos colores con colas largas como cometas.

Cuando supe de la gran aventura de Darwin, me quedó claro que yo también, un día, haría como él, me embarcaría en un bergantín y abandonaría la gris Europa para navegar hacia paraísos tropicales.

Durante años he querido tener un perro de raza beagle sólo porque ése era el nombre de la nave que había llevado por el mundo al afortunado explorador.

Ni siquiera se me ocurrió pensar que las naves de tres palos ya no surcaban los mares y que habían sido reemplazadas por aviones y helicópteros. Con esos medios los exploradores de la segunda mitad del siglo XX alcanzaban sus metas.

Mi mundo naturalista era —y sigue siendo— el del siglo XIX, un mundo de caballeros cultos y curiosos, que viajaban, recolectaban e investigaban por el puro e infantil placer de hacerlo.

¿Qué es la historia natural sino la obvia consecuencia de la curiosidad infantil por todo lo que nos rodea?

La condición del naturalista es la más espontánea en el hombre porque, desde los albores de nuestra especie, hemos tenido que aprender a conocer nuestro entorno para poder sobrevivir. Si como una hierba, vivo; si como aquella otra, tengo dolor de barriga y muero. Para capturar un animal, primero debo saber dónde vive y cómo vive.

Pero además —superada la fase primitiva de la supervivencia—, este tipo de observación permite alcanzar una nueva condición, el estupor. De repente una cosa me sorprende, y la sorpresa compensa cualquier esfuerzo. Encuentro algo que no pensaba encontrar. O bien lo que veo es tan inesperadamente bello que me deja sin respiración. ¡No me lo esperaba! ¡No pensaba encontrarlo aquí! ¡No imaginaba que fuera tan bello!

Las ciencias naturales requieren abandonarse a las maravillas.

Todavía ahora, es para mí una fuente de emoción extraordinaria ver en la realidad animales o plantas conocidos sólo en los libros. He ido a Madagascar sólo para tocar los lémures. Por desgracia no vi ningún ayeaye. Casi lloré en las Galápagos cuando los famosos pinzones volaron a mi alrededor. Tuve la misma sensación en África ante los pequeños elefantes de cabeza peluda que bebían con sus madres en las charcas.

No me gusta especialmente viajar, pero para poder ver un animal estoy dispuesta a hacer miles de kilómetros. Entre las cosas que más deseo, en los próximos años, está la de ver y admirar las ballenas y los osos blancos.

Los koalas también son una prioridad para mí. Quiero saber qué consistencia tiene su nariz y me encantaría encontrarme cara a cara con un ornitorrinco, compendio de las maravillas de la naturaleza, pero me temo que Australia está demasiado lejos para mis escasas aptitudes aéreas.

Durante años he anotado y dibujado en unas libretas todo lo que me llamaba la atención en la Naturaleza. Anhelo que mi vida sea más tranquila para continuar haciéndolo.

Durante el largo período transcurrido en Roma, en un edificio de piedra ceñido por otros edificios también de piedra, ejercía esta actividad observando esos minúsculos insectos plateados que viven entre los libros y los oniscídeos, que corrían tímidos a esconderse entre las fisuras de los sanitarios en cuanto encendía la luz del baño. Dejaba siempre la casa un poco sucia para que cualquier minúscula forma de vida pudiera manifestarse. Los domingos me asomaba a la única ventana de la habitación y miraba abajo horas y horas, fascinada por la intensa sociabilidad de las ratas, mientras que, de noche, aguzaba el oído para captar los ultrasonidos emitidos por los murciélagos recordando la genial investigación del abad Spallanzani.

A partir de los ocho o nueve años, el placer del conocimiento y la observación de la Naturaleza fueron una constante en mi vida. Quien viene a verme a casa suele asombrarse de los escasos testimonios del mundo literario. Ni pomposas librerías, ni objetos de diseño, ni premios y distinciones, símbolos de inteligencia y madurez intelectual. En cambio, aparecen por todas partes colecciones de plumas, nidos, cajitas para la reproducción de mariquitas y mariposas, pequeños terrarios con larvas, cubetas donde viven salamandras, diminutas charcas para observar los colémbolos acuáticos y las sugestivas diatomeas. Todo ello aderezado con un desorden creativo hecho de cortaplumas, lupas, prismáticos, tijeras de jardín, pelos de gato, de perro, barro y grandes arácnidos serenamente colgados en todas las esquinas de la casa.

Cuando viajo por trabajo me encuentro con frecuencia en la molesta situación de tener que soportar a amables anfitriones que, creyendo complacerme, organizan visitas a museos, a veces de arte contemporáneo. Quién sabe, tal vez porque se considera que a un artista le interesan forzosamente otras formas de arte.

Rechazo siempre la invitación con la excusa de un dolor de cabeza o de un gran cansancio. En cuanto estoy sola me escabullo del hotel en busca de un acuario, un museo de Ciencias Naturales, un zoológico, algo que me dé las mismas emociones que quizá otros tengan contemplando Optical Art.

Una vez, un periodista, al final de la entrevista, me dijo:

—En el fondo, el título de su autobiografía podría ser: *La mujer que no quería escribir.*

—En el fondo, sí —respondí.

Durante gran parte de los años de mi formación, no pensé ni siquiera remotamente que escribir, la escritura o cualquier otra forma de arte pudieran tener algo que ver conmigo. Mi pasión iba por otros derroteros, radicaba en aprender los nombres de todas las formas de vida. Mi afán consistía en descubrir la relación que une los nombres entre sí. Me era —y me es— suficiente descubrir, durante un paseo, una planta, una flor o un insecto del que no conocía el nombre para caer en un estado de gran inquietud. Inquietud que terminaba sólo en el momento en que lograba descubrirlo.

Ahora, mientras estoy escribiendo —es mediodía—, un búho real canta no muy lejos de mi estudio y esto me distrae de la escritura. ¿Por qué canta a mediodía?, me pregunto. Y no encuentro respuesta. Pero antes o después tendré que encontrarla.

Comprender la razón de cada cosa y saber descubrir la relación entre todo lo que se ve, son las principales aptitudes de un apasionado naturalista.

¿Y si lo fueran también del escritor?

¿Y si, antes de toda teoría, estructura o técnica existiera precisamente esto, el infantil deseo de descifrar el mundo que nos rodea? La materia viviente me cuenta su historia y, de esa historia, sé cómo hacer derivar todas las demás historias.

Comprender el origen, el sentido, captar su dirección.

No conocerlo al principio sino encontrarlo por el camino poco a poco gracias a una huella, un arañazo, una pluma.

Descubrirlo lentamente, carta tras carta, como en un solitario.

La pasión por las ciencias naturales es la raíz profunda de mi escritura. Detrás de cada frase se encuentran la lentitud y la serenidad del entomólogo.

Observo e interrogo, interrogo y observo.

Me hago preguntas y le pregunto a la realidad que me rodea.

No estoy de pie sobre el pedestal del moralismo, ni tengo puestas las lentes deformantes del sentimentalismo.

Analizo, tomo notas y, al final, busco el sentido. Los vuelos poéticos a la manera de Píndaro no son mi fuerte. El territorio en el cual me muevo es el de la devoción a la realidad.

Entrar en la maravilla del Universo me libraba de la incomprensibilidad del mundo de los hombres que me rodeaba.

Cuanto más carecía de armonía la existencia cotidiana, más me lanzaba a los brazos de la mineralogía, de la malacología y de la entomología. Y cuanto más me acogían sus brazos, más me daba cuenta de que debía invertir el orden de mis preguntas.

Ya no era quién mandaba en el mundo, sino más bien: ¿de dónde proceden la física, la química, las matemáticas? ¿De dónde salen las leyes que permiten que las cosas existan en su estabilidad? ¿Acaso estaban en algún sitio suspendidas en la oscuridad de las tinieblas, a la espera de que alguien se decidiera a usarlas, o habían nacido por casualidad?

Sin embargo, mi experiencia de persona bastante desordenada me sugería que de la casualidad difícilmente puede surgir el orden.

¿Entonces?

¿Podían nacer al azar formas perfectas como la estructura helicoidal de una concha?

Y esa estructura tan sorprendente, ¿acaso no contenía en sí algún otro principio, como el de la belleza?

¿Qué otra cosa era la belleza sino el sobresalto del asombro? De repente aparece algo que no me espero y ese algo toca directamente mi corazón.

Todavía no lo sabía, pero desde el principio fui un alma sedienta de belleza. Y tampoco sabía que la belleza lleva consigo, como una discreta doncella, la sed de verdad.

16

Hace algún tiempo, durante una estancia en Trieste busqué la iglesia armenia. Antes de recibir las confusas enseñanzas sobre las doctrinas teológicas —es decir, antes de los ocho años—, a veces acompañaba a mi abuela Elsa a la misa dominical. Recordaba que para llegar a aquella iglesia se recorría una calle cuesta abajo desde la que se divisaba el mar a lo lejos, y al lado de la iglesia había un edificio de grandes dimensiones, la Casa de los Armenios. Por el camino se pasaba delante de una villa rodeada de un jardín sombreado que me dijo mi abuela que era la casa de Scipio Slataper.

Así, un día de fuerte bora, mientras paseaba por aquellas calles silenciosas, me encontré delante de la primera iglesia de mi infancia. Era mucho más pequeña de como la recordaba y estaba muy deteriorada. La verja que daba paso al pequeño jardín estaba cerrada. En los parterres abandonados y cubiertos de maleza se acumulaba todo tipo de basuras que el viento transportaba: bolsas de plástico, latas, cajas de panetones vacías. Buscando protección ante la violencia de las ráfagas dos o tres gatos despeluchados y roñosos dormían pegados a la pared.

La casa parroquial también parecía abandonada hacía tiempo, y el cartel de la comunidad católica de lengua alemana parecía no tener nada que ver con la realidad. Lo único que enlazaba la imagen de hacía cincuenta años a lo que tenía delante era el fuerte olor a pipí de gato.

¡El olor!

No sé si por mi innata tendencia a indagar o por el don recibido de una nariz grande, desde siempre los olores han desempeñado un papel fundamental en mi memoria. En una época equitativamente dividida entre malos olores reales —la polución— y sintéticos —los desodorantes creados para esconder el natural olor a sudor—, resulta cada vez más difícil imaginar el papel de guía que tiene nuestro olfato.

Sin embargo, es así.

Gracias a la magnetita depositada en su pico, los pájaros migratorios recorren miles de kilómetros orientándose con el sol y las estrellas, pero cuando se acercan al destino que querían alcanzar, no es la mirada lo que los guía sino el olfato. Durante el largo invierno, su memoria ha conservado los efluvios que los acogieron cuando, al romper el cascarón, vinieron al mundo. Gracias a esos determinados olores pueden regresar a la misma cuadra, el mismo parque, al mismo árbol en el que nacieron.

Así, de la misma manera que las golondrinas vuelven siempre al lugar donde han nacido, yo regresaba a aquel lugar —la iglesia armenia, en la que se reunía la comunidad católica de lengua alemana en aquellos lejanos años— en el que percibí por primera vez que se ocultaba alguna cosa diferente en la realidad de cada día.

Olor a pipí de gato, a moho, a humedad.

Olor de invierno, de frío, de ausencia de calefacción. A mi alrededor, muchas personas que no conocía. Mi abuela llevaba siempre un cuaderno para colorear o un tebeo, pensando que era aburrido para una niña asistir a un ritual del que no entendía nada.

Me sentaba en el reclinatorio y, en silencio, sin molestar a nadie, dejaba pasar el tiempo. Los cuentos de *Tiramolla* siempre me atraían más que lo que sucedía en torno al altar.

Aun así, había un momento en que interrumpía mi lectura. Era cuando, de golpe, se hacía un silencio absoluto. Ni toses, ni los crujidos de la madera. Todo se detenía. Y en aquel silencio cargado de espera vibraba tres veces una cristalina campanilla.

¡Tling tling tling!

¡Tling tling tling!

¡Tling tling tling!

Aquel sonido —la manifestación de la epiclesis— permanece presente en mi memoria como el gong de las iluminaciones budistas.

¡Tling! La corteza de la realidad es dura y opaca.

¡Tling! Pero esto es sólo apariencia.

¡Tling! ¡En verdad ahí se oculta un misterio!

Como muchas hijas de Jerusalén, que abrazaron más tarde el cristianismo, mi abuela cursó la primaria con las monjas de Nuestra Señora de Sión. A los diez años, durante la Primera Guerra Mundial, se trasladó con su familia a Florencia y allí, en una bonita villa cerca de los jardines de Boboli, la matricularon en un colegio inglés privado dirigido por dos señoritas que —como decía mi abuela—

«debían de ser muy amigas, porque las veía siempre abrazadas en el sofá del salón».

De regreso en Trieste, fue una de las primeras chicas que se inscribió en el bachillerato de letras, que concluyó con las mejores notas. Pero el estigma de Nuestra Señora de Sión quedó profundamente grabado en su corazón. El episodio de las ovejas que caen al precipicio por sus pecados, contado en *Donde el corazón te lleve*, formó parte de su educación. De espíritu libre e independiente, soportaba mal el entorno de moralismo fanático y punitivo que imperaba en aquellas aulas.

Hace precisamente unos días, una prima mía ya mayor, Nadia Bliznakoff —ella y Olga Moravia son las dos únicas supervivientes de la foto de los nietos—, me contaba que se salvó de eso en aquel mismo colegio porque, como era ortodoxa, quedaba dispensada de las clases de religión católica. Así, para ayudarla a pasar ese tiempo, una joven monja la llevaba a lo alto de la torre y desde allí arriba, con dulzura, le hablaba del horizonte del cielo y del horizonte del corazón.

—Siempre doy gracias por aquel encuentro —me confesó antes de concluir la conversación telefónica—. ¡Porque si hubiera asistido a aquellas clases probablemente sería atea!

No sé en qué se convirtió mi abuela, pero lo que estaba claro es que no le gustaban nada las enseñanzas de la religión. Y no le gustaban principalmente por una razón: porque en ese ambiente, antes que cualquier otra cosa, había visto triunfar la hipocresía. Y la hipocresía es el veneno más peligroso que se puede arrojar sobre quien busca la verdad.

Nacida de una madre muy joven y en una familia que, en el transcurso de una sola generación, había experimentado un salto social impresionante —de tenderos pobres en Marsella a acaudalados industriales, a la cabeza de un imperio expandido por todo el mundo—, mi abuela había cargado con toda la fragilidad e incertidumbre que implicaba esa situación. Cuando pienso en su madre, mi bisabuela, que sólo tenía diecisiete años más que su hija, y en ella, veo claramente la fractura que separa el siglo XIX del siglo XX.

En la vida de mi bisabuela Dora, cada cosa estaba —y debía estar— en su sitio. Aún la veo entrar en las habitaciones, bajita y rechoncha, con su bello rostro sefardí de grandes ojos oscuros y redondos, con la voz fuerte e impostada de una persona que durante toda la vida se ha dedicado al canto. Vivía en el mismo edificio que su hija, en el piso de arriba, y su casa de suelos de linóleo resplandecientes y un ligero olor a buena cocina, cera, naftalina y caramelos de menta me infundía un cierto temor.

Lo que me atraía de aquel apartamento era el piano. En cuanto la abuela se iba a otra habitación, yo levantaba lentamente la tapa, retiraba el largo paño verde y me ponía a tocar. No tocaba ninguna música en concreto, sino sólo la que tenía en la cabeza: en las teclas altas buscaba el ligero ruido de la lluvia; en las bajas, la fuerte aspiración de la fosa de las Marianas, y en el centro, la demencial dodecafonía de mis pensamientos cotidianos. En cuanto la bisabuela Dora oía las notas de aquel imprevisto concierto se lanzaba como un águila a la pequeña habitación, me hacía bajar del taburete giratorio, colocaba el paño verde sobre las teclas, bajaba la tapa y cerraba con llave el objeto de mis deseos.

¡Cuánto habría deseado saber tocar el piano!

¡Y qué beneficioso habría sido para mi mente un estudio continuo capaz de transformar el caos en belleza, qué serenidad hubiese alcanzado al comprender y dominar la armonía! En cambio, la única partitura que podía seguir era la de la más absoluta disonancia.

La música siempre había formado parte del patrimonio cultural de mi familia. Mi bisabuela Dora cantaba, mi bisabuelo Bepi, además de tocar el violonchelo solo o en cuarteto con sus hermanos, era director de la Sociedad de Conciertos, y los grandes músicos de la época pasaban todos por su casa. El hermano de mi bisabuela, Bruno, tuvo una brillante y breve carrera como concertista, mientras que el tío Ettore se empeñó con tesón durante años en el estudio de la chacona con su violín. También mi abuela Elsa había estudiado piano, pero, al trasladarse a Florencia, su atención se orientó hacia otras cosas, se cansó de él y acabó arrinconándolo: así la cadena de músicos se interrumpió.

En realidad, creo que, más que por tedio, la destrucción del patrimonio musical dependió de la bomba que el 20 de febrero de 1945 arrasó la villa en la que todos habían vivido hasta entonces. Se quemó el piano de cola, se quemaron las partituras, una gran hoguera envolvió violas, violines y violonchelos; quedaron reducidos a cenizas todos los libros, los cuadros y los muebles, todo lo que, durante dos generaciones, había constituido la realidad de las personas que vivieron en aquella casa blanca.

Lo único que sobrevivió a la tremenda explosión y a las llamas fue una caja de huevos frescos que se convirtieron en duros.

La bomba destruyó la memoria material de la familia y, además, la complejidad de las relaciones humanas creada a lo largo de aquellos ochenta años de convivencia forzosa.

La fábrica y la casa permanecieron como misteriosas entidades fluctuantes en las historias de mi infancia. Una especie de Eldorado que había acogido a todos en su abundancia y felicidad, antes de que un destino cruel lo destruyera, obligando a sus habitantes a vivir en la estrechez humillante de unos apartamentos repartidos por la ciudad.

Durante toda su vida mi madre vivió con el nostálgico recuerdo de su infancia transcurrida en la villa. Sin embargo, mi abuela consideró aquella bomba como un don del Cielo porque la liberó para siempre del yugo de la convivencia forzosa con una familia grande y abigarrada. De hecho, creía que vivir con los parientes de uno era una tentación demoníaca a la que había que oponerse con todas las fuerzas.

En cambio, su madre, la abuela Dora, aunque residía en el cuarto piso de un inmueble anónimo, seguía viviendo como si no hubiera pasado nada. Segura de sí misma y de los valores de su mundo, en la mesa tocaba la campanilla con autoridad para llamar a la asistenta, como si en torno al modesto comedor hubiera todavía numerosas habitaciones; como si, fuera, la esperaran los jardineros y, en las cuadras, siguieran estando las carrozas con lustrosos caballos, el cochero con el látigo en la mano, siempre preparado para pasearla por la ciudad.

De la misma forma que las bombas no pudieron mover a la abuela Dora de sus certezas, tampoco lograron aquellas explosiones calmar la inquietud que desde la infancia atenazaba a su hija.

Para la abuela Dora, los privilegios de la riqueza eran algo debido e indudable, mientras que para Elsa representaban una carga de la que había que liberarse lo antes posible. El matrimonio con mi abuelo supuso un clamoroso acto de rebeldía frente a una realidad que percibía como profundamente contaminada por la hipocresía y la superficialidad.

A pesar de todo, la boda no atenuó su inquietud y se vio prisionera en otro tipo de jaula. No obstante los anatemas de su familia sobre la vida de estrecheces que llevaría casándose con aquel hombre salido de la nada, fue gracias a la habilidad para los negocios de su marido —el árbol de la cucaña que presidía sus pensamientos— que tuvo una existencia burguesa y confortable, aunque sentía que aquellas normas la asfixiaban. Asfixia que se manifestaba exasperando sus peores aspectos: egoísmo, prepotencia, vanidad. Sentía el vacío a su alrededor y debajo de ella, pero a ese vacío no sabía darle un nombre. Para no oír el silencio ensordecedor que salía de su entorno, llenaba sus días de constantes e inútiles ruidos.

Más tarde, hacia los cincuenta años, se abrió de repente una puerta en su mente y en su corazón. Afortunadamente, las monjas de Sión quedaban ya lejos. La coacción, la cerrazón, la mezquindad más beata del cristianismo se atenuaron en su memoria.

Reencontró a una amiga de infancia superviviente de Auschwitz. Se vieron, pasaron muchas tardes juntas. «Al principio —me contaba la abuela—, iba a verla para hacerle compañía. Después de todo lo que ella había pasado, pensaba que necesitaba distraerse. Pero con el tiempo me di cuenta de que no era ella la que me necesitaba a mí, sino yo a ella. Con el tiempo he comprendido que ella era pura luz y que su luz, tan distinta de las que yo había conocido hasta entonces, empezaba a tocarme a mí también. Luz del amor que lo ha visto todo. Luz del amor que lo comprende todo.»

Así, su inquietud llegó al final de su trayecto y mostró su auténtico rostro. La sed de verdad.

17

La vida como posesión.

La vida como camino.

Ésas son las dos condiciones entre las que, al final, tenemos que optar. Localizar un lugar, alcanzarlo y permanecer quietos en él, o bien seguir adelante, sentir que ningún lugar es verdaderamente el adecuado; encontrar un vestido de la talla apropiada y no soltarlo. Pero con el paso del tiempo crecemos y el vestido sigue siendo el mismo, se adapta a las modificaciones de nuestro cuerpo. Así, lenta e inexorablemente se transforma en una coraza.

La coraza protege, tranquiliza, sostiene un cuerpo que poco a poco se va debilitando. ¿Qué necesidad hay de la columna vertebral cuando su acero nos mantiene derechos? Así, el interior se vuelve blando como el de un gasterópodo. No nos percatamos de ello, y a los ojos de los demás somos personas absolutamente normales. En realidad, nuestro interior se deshace lentamente, se colapsa, y entonces nuestros sentimientos, nuestros valores, nuestros pensamientos se convierten en los de la coraza.

Rígidos, limitados, estrechos.

Al final el exoesqueleto vence al endoesqueleto.

Si se aplasta un coleóptero, se oye el *crash* de la coraza quitinosa pero, después del *crash*, en el suelo queda poco más que una papilla acuosa. La consistencia de quien está dotado de vértebras es muy diferente.

Todos los credos —con la única y gravísima excepción del catolicismo, que, en el mejor de los casos, relega el cuerpo a ser un inútil lastre— hablan de la importancia de la columna vertebral. La columna vertebral es lo que nos mantiene derechos, lo que nos hace crecer como los árboles, hacia lo alto. A lo largo de la columna vertebral se sitúan los chakras y de la armonía de su funcionamiento depende la salud del cuerpo. Si al crecer tiende a inclinarse hacia un lado o hacia el otro, se dice que está viciada, que tiene un «vicio de postura». ¿Y qué otra cosa es un vicio sino alejarse del camino recto?

Hace tiempo, un traumatólogo me contaba que trataba a niños de nueve, diez años. Tumbados siempre en el sofá para ver la televisión, doblados sobre el ordenador o sobre un videojuego, no pueden desarrollar su esqueleto. En lugar de crecer en el plano vertical, se expanden en el horizontal. Y esto es una señal de una mutación antropológica más bien inquietante. Con las palabras podemos hacer discursos maravillosos, pero si esas palabras no tienen fundamento en el cuerpo —en el aquí y ahora que nos hace existir— se puede enmascarar fácilmente la falsedad de lo que decimos.

La vida como estabilidad de las cosas, como estabilidad de la columna.

Pero, paradójicamente, para alcanzar la estabilidad es necesario llevar al extremo la inestabilidad. El hombre se realiza en su máximo potencial sólo cuando acepta la ley profunda del cambio. ¡Cuánta tristeza, cuánta ofuscación en las personas que se atrincheran detrás de sus sólidas opiniones, qué pena da quien afirma con orgullo: «Yo soy así, no hay nada que hacer»!

Incluso cuando aún no lo sabía, mi abuela era enemiga de la coraza. La llevaba puesta, claro, pues no conocía otra condición, pero muy pronto sintió que la medida era equivocada. Demasiado estrecha, demasiado corta, cruel porque limitaba los movimientos.

En este sentido, pero sólo en éste, *Donde el corazón te lleve* es su historia, ya que es la historia de cada persona que, en lugar de detenerse, decide seguir adelante, cambiar, buscar el hilo rojo que une la banalidad de los días dándoles de repente una razón de ser.

Donde el corazón te lleve es la historia de la búsqueda del propio ser más profundo. La gran depresión cultural de los últimos años —unida a los numerosos periodistas que han invadido el sector con sus historias verdaderas en forma de novela— ha tergiversado el papel de la literatura, haciendo que muchos crean que un libro no es más que la transcripción de un hecho ocurrido realmente.

¡Cuánto me he reído con mi madre!

En las situaciones más inesperadas sucedía con frecuencia que cuando ella decía que era mi madre —no llevábamos el mismo apellido—, alguien exclamara: «Pero ¿cómo, no estaba usted muerta?» Y ella naturalmente hacía conjuros de todo tipo. En efecto, mi madre era hija de mi abuelo y no fruto de un adulterio, mientras que yo no he sido criada por mi abuela. Cuando ya vivía en Roma pasábamos las vacaciones de verano juntas, no porque fuera mi abuela sino porque éramos almas afines y la convivencia nos hacía felices.

Uno de nuestros temas preferidos eran los pretendientes, ya que ella había tenido muchos y yo, en aquella época, también. Al lado del teléfono le dejaba notas con indicaciones. «Si es A, llámame. Pero si es B, hazle esperar y dile que a lo mejor vuelvo esta noche. Si en cambio es C, dile que estaré fuera un mes.»

Se divertía mucho.

A veces, con un tono infantil y alegre, me decía:

—¿No es poco decoroso que hablemos sólo de nuestros enamorados?

—¿De qué otra cosa te gustaría hablar?

—En el fondo soy tu abuela... Podría contarte algo aburrido y lleno de sabiduría, ¿no?

Afortunadamente, la abuela Elsa ya había muerto cuando se publicó *Donde el corazón te lleve* y no pudo leer las numerosas barbaridades escritas sobre el libro por quien se había conformado con echarle un vistazo llevando puestas las gruesas lentes de los prejuicios.

La protagonista del libro es una mujer lúcida y cruel, una persona capaz de decir sobre su hija muerta precozmente que «no era nada inteligente». Una mujer que le mintió a todo el mundo y que, a base de mentiras, hizo de su vida una catástrofe. Confundir el análisis de los sentimientos profundos con el sentimentalismo es otro gran indicio de ignorancia humana y cultural.

Entre las pocas cosas que heredé de ella había una pequeña estampa que estaba colgada encima del cabezal de su cama y que ahora está en el mío. Representa un esqueleto apoyado con el codo sobre un sarcófago, como si estuviera reclinado en un sofá. Debajo, en griego, está escrito «Conócete a ti mismo». Hay que ser despiadadamente cruel para obedecer ese imperativo.

Hasta pasados los cincuenta años, mi abuela recorrió el camino de la inquietud y del desasosiego, progresando más por rechazo que por apertura mental. El encuentro con su amiga superviviente de Auschwitz impuso un brusco viraje a su trayectoria.

Se encontró de repente ante nuevas preguntas, ante una sed de conocimiento en un campo que, hasta entonces, le había sido totalmente extraño.

Se remonta precisamente a aquel período —las cosas suceden siempre cuando es el momento adecuado— el encuentro con el padre Dietrich, el sacerdote que guiaba la comunidad católica alemana y que celebraba la misa en la iglesia armenia. Encontró en él una guía anticonvencional, valiente y capaz de zanjar sus dudas, sus indecisiones. Sumergida en las Escrituras, descubrió inesperadamente una nueva savia para su alma ya marchita. La mujer mimada e infeliz se estaba transformando en una persona que se encaminaba hacia la ligereza y la alegría.

Recuerdo la cara del padre Dietrich, un rostro de pómulos marcados, de alemán del norte. A él, a su memoria, dediqué el personaje del padre Thomas. Entre la hierba, que sea hierba; bajo el árbol, que sea árbol; con los hombres, que esté entre los hombres.

Desgraciadamente un tumor se lo llevó cuando era todavía joven, privando así a mi abuela de sus encuentros dominicales.

Pero, mientras, en la iglesia conoció a Maria.

Maria era el polo opuesto de mi abuela. Maestra de primaria —por cierto, en mi mismo colegio—, empezó a trabajar a los veinte años y para ello debía recorrer en bicicleta las zonas más desoladas del Carso y del Isontino.

Al contrario de mi abuela, no había tenido nunca pretendientes, o si tuvo alguno lo desdeñó por no ser de su agrado. Fue siempre una mujer independiente. Entonces no abundaban las mujeres que se mantenían con su trabajo y creo que mi abuela la envidiaba un poco por ello. Alta, delgada, andarina y apasionada de lo botánica, hablaba perfectamente alemán y era una gran conocedora de la literatura en esa lengua. Era protestante y conocía bien las Escrituras. Vivía en la planta baja de una casa en el mismo barrio en que nací.

Después de la muerte de mi abuelo, se convirtió en la gran compañera de mi abuela. Cuando estaban juntas, hablaban hasta quedar rendidas de literatura, de teología, de cualquier cosa que les pasara por la cabeza.

La sed de conocimiento y verdad de Maria coincidía perfectamente con la de Elsa. Era la primera vez en su vida que encontraba a una persona con la que confrontarse en un nivel elevado.

—Sólo hay una cosa de la que no puedo hablar con ella, de pretendientes —se lamentaba irónicamente conmigo.

—Paciencia —le respondía—. Conmigo siempre podrás hacerlo.

Leían juntas, estudiaban juntas, viajaban juntas. Juntas, con alegría, pasión y curiosidad, se dirigieron hacia la edad que se suele considerar como la más triste. De joven, Maria tuvo la tuberculosis y su salud era enfermiza. «Pobre Maria, es tan delicada», decía siempre mi abuela, que jamás había sufrido de nada, ni siquiera de una uña encarnada. A pesar de eso, se fue veinte años antes que su amiga, tras haber afrontado la atroz oscuridad del Alzheimer. Así, heredé la amistad de Maria.

¡Maria, mi primera gran lectora, la primera que me

animó! Cuando pasaba por Trieste iba siempre a tomar un té a su casa. Se conmovía fácilmente al hablar de los días transcurridos con mi abuela.

¡Qué mezquina necedad pensar que los lazos de sangre son los más importantes! ¡Qué cerrazón mediocre considerar que el sexo es lo que de verdad une a las personas!

Es en la amistad donde el ser humano conoce la forma más sorprendentemente elevada de una relación.

Nadie volvió a ocupar el lugar del padre Dietrich en el corazón de mi abuela. Hizo algún intento para encontrar sustitutos pero, como las innumerables princesas de los cuentos, los descartó uno tras otro. Poco hombres, demasiado moralistas, superficiales, melosos. Demasiado interesados por una sola cosa. Recibir dinero.

18

«¡Milioni!* ¿Te das cuenta? —decía mi madre—. ¡Se llamaba Milioni! ¿De qué otro modo podía llamarse?»

En efecto, Milioni era el apellido del sacerdote patrocinador de la causa de anulación de su matrimonio en el Tribunal de la Sacra Rota. Y fueron varios millones de liras —la ley del divorcio aún no existía— los que seguramente debió desembolsar mi abuelo para que su amada hija volviera a ser soltera.

Y es que, mientras tanto, las cosas habían cambiado. Mi padre se marchó a vivir definitivamente a Roma, donde se alojaba en imposibles sótanos llenos de camas plegables y hornillos de camping para calentar la comida. No tenía trabajo, a menos que se considere como un trabajo el hecho de ser un hombre guapo y vivir en el torbellino de la *dolce vita*, que, en aquellos tiempos, imperaba en la capital.

Guapo como un actor americano, misterioso y huidizo como corresponde a todo buen seductor, pienso que mi padre vivió muchos años a costa de sus amigos y de las mujeres a las que rompió el corazón.

* Milioni: «millones» en español. *(N. de la t.)*

Cuando yo también fui a vivir a Roma, me encontré varias veces con señoras que, al oír mi apellido, exclamaban soñadoras: «¡Tamaro! Conocí a un hombre que se llamaba así...» Y yo, invariablemente, les respondía: «Me temo que era mi padre.» Me observaban entonces estupefactas: «¿De verdad? Gianni nunca me dijo que tuviera hijos.»

Era de naturaleza frugal, naturaleza que yo he heredado. Sostenía que para ser libre era preciso liberarse de la terrible esclavitud del deseo. Era capaz de vivir con la misma indiferencia tanto en el umbral de la pobreza como en el mayor lujo. Cambió su descapotable azul Pininfarina por un 850, también descapotable y, encogido en esa especie de caja —era un hombre imponente—, se paseaba por la capital haciendo de las suyas.

La primera vez que fui a verlo a Roma con mi madre tenía ocho años, y lo único que me interesaba de verdad era visitar el zoológico. Después, ya adolescente, volví un par de veces con mi hermano. El único motivo de felicidad de aquellas visitas era que nos llevaba a los mercadillos a comprar ropa americana imposible de encontrar en Trieste. Vaqueros, jerséis azules que venían de Livorno y hasta una chaqueta de marinero con botones dorados que durante meses me quitaba sólo cuando iba a dormir. Pensaba que aquella chaqueta era el preludio de mi futura vida como navegadora a bordo de bergantines.

De vez en cuando, cada vez menos, venía a vernos a Trieste. En cada visita parecía que acababa de regresar de algún sitio de veraneo. Se presentaba con vaqueros deshilachados, chanclas en los pies o sandalias hechas a la medida en la costa amalfitana. Venía de Marruecos, nos decía, o de Capri o de Taormina. De tez muy morena —en los últimos años tenía un inquietante parecido con Saddam Hussein—, daba la impresión de que acababa de salir del mar. Se sacudía la arena y la sal, y durante dos o tres días jugaba a ser padre, alternando momentos de rabia violenta —sobre todo contra mi hermano— con alentadores momentos de meditación filosófica sobre el vacío absoluto de nuestras vidas.

En los largos períodos transcurridos en las playas de moda o en otros lugares de sublime ocio, se había acercado al pensamiento hindú, convirtiéndose en devoto lector de Krishnamurti. En su rostro flotaba casi siempre una especie de media sonrisa, mientras que sus ojos nunca te miraban de verdad. Es más, no te veían, siempre inmersos en la lejana visión de las pendientes del Himalaya.

Las continuas quejas de nuestra madre por el dinero no lo afectaban mínimamente, como no parecía concernirle que, dado que él no nos daba ni una lira, tampoco ella gastara una lira en nosotros. Entonces empezamos a intuir que teníamos dos madres: la señora A y la señora B. Y cada una parecía ignorar la presencia de la otra.

A lo largo de toda nuestra infancia comimos poquísimo. Y ya mayores, cuando nuestra madre nos invitaba a comer, nos cuidábamos de almorzar algo antes para sobrevivir a los cincuenta gramos de pasta que nos ofrecería. Nuestra ropa estaba siempre desgastada y era reciclada.

En definitiva, a costa de nuestro bienestar se combatía la áspera y constante batalla de sus principios. «¡No gastaré ni cien liras en ti!» ha sido el estribillo que ha acompañado el curso de nuestra vida en familia.

Justamente por eso fue una verdadera sorpresa cuando un día —yo estaba en cuarto de primaria— regresamos del colegio y vimos a nuestros padres amables y sonrientes, esperándonos ante la mesa puesta.

«Niños, tenemos que hablaros», dijo mi madre, y esas palabras hicieron temblar mis piernas, porque el «tenemos que hablar» solía ser el preámbulo de algo terrible. Pero aquel día parecían extrañamente tranquilos. A mi padre sólo le faltaba la llama de las divinidades hindúes sobre la cabeza. Esperamos, pues, lo que seguiría con una ligera confianza.

«Os vamos a dar una buena noticia. —Pequeño suspiro de felicidad interior—. Vais a tener un hermanito.»

¡Gong!

Mi hermano y yo, tambaleándonos, fuimos al baño a lavarnos las manos en silencio mientras nos mirábamos perplejos. Cuando regresamos a la mesa no pude aguantar las ganas de abrir la boca para preguntar:

«¿Por qué?»

La pregunta permaneció un instante flotando sobre la mesa, luego mi madre respiró profundamente, nos dirigió la mirada dulce de la señora A y dijo:

«Cuando dos personas se aman, nacen niños.»

¡Gong! ¡Gong! ¡Gong!

¡Así irrumpió el *koan* en mi vida! Entre el sonido de una mano sola y aquella afirmación, ¿qué diferencia había? En ambos casos, para obtener una respuesta, se requería una salida brusca de las tranquilizadoras leyes de la lógica.

Cuando dos personas se aman, nacen niños.

El niño estaba en camino.

Pero, las personas que se amaban, ¿dónde se encontraban?

A pesar de que este *koan* retumbaba por dentro —a él dediqué unas páginas en el relato «Una infancia», del libro *Para una voz sola*—, en resumidas cuentas mi hermano y yo nos alegramos de esa noticia. Le decíamos a mi madre que abriera la boca y, por ella, le gritábamos mensajes a nuestro hermano. Preparábamos la cuna, la ropita y el cuarto diminuto al lado de la cocina que sería su habitación.

La señora A parecía haber conquistado más espacios y mandado momentáneamente a la señora B al trastero. Creo que mi madre sentía un verdadero gozo físico por estar embarazada. Recuerdo su inquietud cuando contrajo la rubeola y tuvo que permanecer en cama. Tenía miedo de perder al niño o de que pudiera nacer con alguna minusvalidez grave, así que mi hermano y yo intentábamos distraerla. Si se nos hubiera dado la posibilidad, si nuestros padres nos hubieran visto, si nos hubieran permitido acercarnos, habríamos sido, con toda seguridad, unos hijos entregados, afectuosos y dulces.

Mi madre depositó grandes esperanzas de renovación en aquel embarazo, como me confesó más tarde. Su parte más positiva, la de la joven que soñaba con realizarse en la maternidad, se hizo la ilusión de que aquel hijo que llegaba in extremis tocaría el corazón de su marido, reconduciéndolo al lugar del que, hacía menos de diez años, había huido.

En cambio, pocos días después del anuncio, mi padre se volvía a marchar, rápidamente engullido por el torbellino indolente de la *dolce vita* romana.

El 8 de septiembre de aquel año —1966— nació mi segundo hermano. Stefano, mi hermano mayor y yo estábamos en Opicina, en la casa que mis abuelos maternos habían comprado hacía unos años y donde pasábamos el verano. El parto duró apenas unos veinte minutos, de las trece a las trece y veinte, y mi madre regresó caminando a su habitación, como si hubiera ido a dar un paseo para estirar las piernas.

Para celebrar su llegada, nosotros, los hermanos mayores, hicimos una carrera en bicicleta, y mi padre, como el genio de la lámpara de Aladino, se materializó. Delgado, moreno, elegante con sus trajes comprados en Porta Portese, se inclinó extasiado sobre la cuna, observó el último producto de su inagotable virilidad y, tras emitir un profundo suspiro, sentenció: «¡Cada hijo es una bendición del cielo!»

De hecho en aquella época, su mundo filosófico se abría a nuevos horizontes: de las pendientes del Himalaya su mirada había llegado más allá, hasta los valles y las cimas del Tíbet. Se había matriculado en el Instituto para el Extremo Oriente y, además de estudiar chino, empezó a sumergirse en la complejidad del pensamiento taoísta. El concepto de Cielo le gustaba mucho. El Cielo, que contiene en sí los mil soplos ancestrales, es nuestro padre. Hay que abandonarse a la no acción para permitir que él actúe y prodigue sabiduría. Por tanto, ¿qué necesidad había de un padre terrenal si ya existía uno Celeste? El padre biológico podía hacer sólo una cosa: rendirse a la No Acción para permitirle al padre grande, el Cielo, llevar a cabo sus acciones sin ninguna interferencia humana.

La foto del bautismo de mi hermano Lorenzo —celebrado por el padre Dietrich— es la única imagen que tengo con mis padres y en ella estoy sentada con el recién nacido en brazos, en un gran sillón de imitación piel de color marrón, enfundada en un vestido marrón —el único vestido elegante de mi infancia, tal vez confeccionado con un retal y que yo odiaba con furor— y amorosamente protegida por mi madre y mi padre, de pie a mis espaldas, y al lado, mi hermano Stefano encaramado en un brazo del sillón, con chaqueta y corbata, y un aire de fastidio aún mayor que el que tenía cuando yo nací.

Después del bautismo mi padre realizó por completo el Wu Wei, la No Acción, y se desmaterializó casi de inmediato.

Entonces la paciencia de mi abuelo —que se llamaba Giovanni Battista y a quien no agradaban especialmente la divagaciones orientalizantes— se agotó. Hacía más de diez años que, con los ahorros de toda una vida de trabajo, ponía remedio a los daños y estupideces de su yerno, manteniendo a su hija y a sus nietos, que ahora eran tres.

Había llegado el momento de cambiar de música y la única manera de hacerlo era llenar la enésima maleta de dinero y llamar a monseñor Milioni.

19

Ahora estaba ya en quinto de primaria. La llegada de mi segundo hermano significó un soplo de aire fresco en nuestras vidas. Era un niño bueno y sonriente y me gustaba cuidarlo, mientras que mi hermano Stefano se sentía feliz de poder renovar su creatividad con la invención de nuevos experimentos de supervivencia. Su preferido era el de soltar el cochecito al principio de una acera en pendiente. Quería comprender lo importante que podía ser el factor de aceleración en la dinámica de los cuerpos en movimiento. Una vez soltado, corría hacia abajo para detenerlo antes de que se desviara o se estrellara.

Mi madre, mientras, comprendió que los mil soplos del Wu Wei eran absolutamente imposibles de aferrar, así que hizo lo único que en aquel momento podía hacer: se arremangó y buscó trabajo. Tenía una mente muy creativa y durante todos los años transcurridos entre la pintura y el Optical Art había adquirido una cierta habilidad en el campo del diseño.

Su primer trabajo fue precisamente de diseñadora gráfica.

Recuerdo aquel quinto curso como un año de inesperada ligereza: el recién nacido que alegraba la casa, mi madre que por fin trabajaba y la idea de que, después de todo, la edad adulta —la edad de la liberación— no estaba tan lejos. La enseñanza primaria había representado un pesado yugo que había obligado mi mirada a dirigirse siempre hacia abajo.

Como tenía el mismo espíritu que el buen soldado Švejk, quería comportarme siempre lo mejor posible: ser eficiente, diligente, capaz de conquistar la admiración y la aprobación de quien estaba por encima de mí, pero luego sucedía lo contrario. Cuando la maestra hacía una pregunta, la mayoría de las veces sabía la respuesta; podía levantar la mano mientras saltaba de impaciencia sobre la silla y decir: «¡Lo sé, lo sé, señora maestra!» En cambio, decía la respuesta para mis adentros, y la descartaba por su simplicidad.

«Estaría bien que la respuesta fuera ésta —pensaba—, pero es evidente que no es así»; sólo parecía la respuesta, una trampa tendida adrede para llevarnos a engaño o quizá el punto de partida para buscar la verdadera respuesta.

Así, mientras mis compañeras respondían con voz clara, yo vagaba por los meandros de mi mente, averiguando la existencia de otras posibles respuestas generadas por aquella pregunta.

En el relato «Una infancia» del libro *Para una voz sola*, el protagonista debe resolver un problema de aritmética relativo a la capacidad de una bañera; en lugar de descubrir, a través de cálculos bien definidos, el número de litros necesarios para llenarla, el narrador se pierde en sus elucubraciones imaginando que el techo del cuarto de baño se derrumba y que el inquilino del piso de arriba cae en la bañera, haciendo que se desborde de repente convirtiendo en obsoleta la solución del problema. Y así, además de haber expresado de manera intuitiva el principio de Arquímedes, el joven protagonista añade una cuestión más que resolver: cómo desplazar el cuerpo inerte del muerto.

Con una cabeza como la mía, cada día de clase era una escalada al Everest, un desierto del Kalahari que atravesar, evitando las feroces hormigas rojas. Las pocas veces que me atreví a lanzarme, me ocurría como a los paracaidistas a los que no se les abre el paracaídas en pleno salto.

Recuerdo que una vez tuve durante días una palabra en la mente de la que desconocía el significado y cuando la maestra preguntó: «¿Tenéis alguna pregunta?», levanté enseguida el brazo, poniéndome de pie al lado de mi pupitre, y articulando bien las palabras, dije: «Señora maestra, ¿qué quiere decir "castrar"?»

Por eso el final de la escuela primaria —con el abandono de aquel edificio oscuro de ladrillos rojos en cuya entrada estaban expuestos los diferentes tipos de bombas y minas que podían hacernos saltar por los aires— me pareció la liberación de una cárcel que durante demasiado tiempo me había tenido prisionera.

El instituto de enseñanza media no estaba muy lejos y tenía un nombre que me hacía soñar: Campi Elisi. Ignorando completamente lo que eran los Campos Elíseos, estaba convencida de que se habían equivocado en la transcripción y que en realidad se trataba de campos de flores de lis. Me gustaban y me gustan muchísimo los lirios, y la idea de ir a ese instituto me daba una sensación de inesperada levedad.

El edificio que albergaba el nuevo colegio, también de ladrillos rojos, se construyó durante el protectorado de los americanos y, con sus ventanas enmarcadas de blanco, su cubierta de tejas, sus árboles y sus patios interiores, parecía salido directamente de aquel oasis de felicidad que yo pensaba que eran los Estados Unidos de América.

En el colegio de los campos de lirios, los profesores no podían estar más que sonriendo eternamente y su felicidad, pensaba, se derramaría sobre nosotros, los alumnos. Tenía que hacer el mismo recorrido que hacía para ir al viejo colegio para llegar, pero pocos metros antes, enfilaba una calle en cuesta abajo que a lo lejos permitía ver el mar y las grúas de los astilleros. Pasadas un par de curvas y después de cruzar una zona abandonada y baldía —ahora llena de edificios— llegaría al oasis de mi felicidad.

También confirmaba este cambio el abandono de la fiel cartera a favor de la correa para los libros, señal evidente de la nueva ligereza que me conduciría hacia la edad adulta.

En definitiva, hacía meses que aquellas dos curvas en bajada rondaban por mi mente. Era demasiado pequeña para saber que imaginar hacer una cosa no es siempre una garantía de llevarla a cabo en la realidad.

Aún no sabía que el destino vela constantemente sobre nuestros deseos y nuestros sueños, que sus curvas no son las nuestras, y que, entre una y otra, lo que es bueno para nosotros es probablemente el último de sus pensamientos. De hecho, hasta entonces estaba convencida de que existía una cierta lógica pautada rítmica en el transcurrir de la existencia: los días de colegio y los de fiesta, los sábados en casa de la abuela paterna, los domingos en casa de los otros abuelos, Navidad y Pascua, con toda la familia reunida en casa de los bisabuelos, patinar las tardes de invierno, y las de verano, en el balneario Ausonia o en Grignano, Sistiana, e incluso en Grado, adonde se llegaba con la vieja motonave *Ambria Bella*, parecían constituir una estructura estable de la cadencia del tiempo, capaz de contener y amortiguar la locura, la incapacidad y la confusión de mis padres.

Todavía no sabía que, mientras contemplaba feliz la paz de los campos elíseos rodeados de lirios, mientras ya podía oír el crujido de las velas del bergantín que me llevaría a Madagascar a estudiar los ayeaye y los camaleones, el destino, como en un auto de choque, giraría bruscamente el volante.

Todo empezó con unas cenas.

Cenas a las que obviamente mi hermano y yo no estábamos invitados. Comíamos antes, en pijama, y enseguida, después del espacio publicitario, íbamos a acostarnos. Entonces llegaba aquella persona, un colega del trabajo, y cenaba en la cocina con mi madre. Tenía una voz muy fuerte, desagradable, que no dudaría en definir como una voz de taberna.

Recuerdo la luz encendida hasta tarde y cómo el ruido, inusual hasta entonces para una casa donde vivían tres niños, invadía con violencia nuestras habitaciones. Y cuando nos despertábamos, nuestra casa no era la misma, parecía la esquina de un callejón después de una noche de farra. Botellas y vasos por todas partes, la cocina envuelta en una apestosa niebla de humo frío que desde los numerosos ceniceros llenos de colillas se expandía por toda la casa. Mientras me preparaba para ir al colegio, no podía evitar las arcadas.

Una cena. Dos cenas. Diez, veinte cenas. Cuanto más se multiplicaban las cenas, más sentía aumentar mi inquietud. Y la inquietud, para mí, siempre presagiaba interrogantes. No eran preguntas inmediatas, espontáneas, de las que haría un niño normal en una situación normal. Temía, más que a ninguna otra cosa, tener que afrontar la gélida mirada cargada de odio de la señora B.

Sin embargo, no lograba callarme, de modo que la elaboración de mis preguntas realizaba un recorrido no muy distinto al de las aguas kársticas: se hundían en barrancos, fluían murmurando bajo tierra, se precipitaban en cascadas hacia un nivel más bajo y allí se dispersaban en riachuelos hasta casi extinguirse para después, sin aviso alguno, irrumpir de golpe en la superficie de manera incontrolada.

Una noche, mientras estaba ya en pijama y la señora B preparaba la enésima cena, entré en la cocina y dije: «Espero al menos que el señor X, antes de marcharse, te pague la cuenta.»

Era una frase cuyas partes había sopesado con el máximo detenimiento, dado que la falta de dinero era siempre el estribillo de nuestra vida y nosotros, los hijos, éramos la causa de aquella irrazonable sangría. Visto que mi madre, cada noche, preparaba manjares —hecho del todo inusual, ya que comíamos siempre puré de patatas con una loncha de jamón desmenuzada dentro o una sopa de guisantes secos— y que nuestra casa se asemejaba cada vez más a una taberna, consideré justo extraer una conclusión lógica.

Si mi madre había empezado un nuevo negocio como cocinera era normal que se hiciera pagar, y, si no, ¿de qué servía todo aquel trabajo, el ruido, la peste de humo que envenenaba el aire?

No había terminado de pronunciar la palabra «cuenta» cuando me percaté del trágico error. El largo recorrido de purificación y decantación de las aguas no había servido de nada. Como chispas en la sedienta maleza de agosto, mis palabras hicieron llamear lo que yo más temía: la mirada incineradora. La señora B cultivaba sentimientos nada benévolos hacia nosotros y no tenía ningún pudor cuando estábamos solos en manifestarlos. En aquellos ojos había hielo y fuego, y el hielo y el fuego se fundían juntos en una fuerza nueva, capaz de destruir cualquier cosa.

Todavía tenía la boca en forma de «a» cuando su mano aferró mi brazo como si fueran las garras de un águila, con las uñas clavadas casi hasta el hueso, y, sacudiéndome con fuerza, gritó: «¡Nunca permitiré que interfieras en mi vida! ¡NUNCA! ¡NUNCAAA!», y, de un violento empujón, me echó de la cocina.

Aquel «¡Nunca!» estaba hecho de afiladas piedras, de acero, de trozos de cristal, de ovillos de alambre de espino. Aquel «¡Nunca!» era un obstáculo, un arma, un caballo Frisón puesto ahí para defender siempre su vida.

Mientras tanto, monseñor Milioni, hospedado en uno de los mejores hoteles de la ciudad, revolvía documentos, escribía apuntes, convocaba a testimonios, concediéndose, a costa de mi abuelo, gustosas cenas de pescado en varios restaurantes del centro.

20

Con el tiempo, siendo adulta, he comprendido que mi madre había padecido dos grandes traumas y que en torno a ellos se había construido toda su vida.

Existen muchas maneras de reaccionar ante una experiencia fuerte: rebelarse o huir cancelándola, como también se puede, transcurrido un tiempo, volver a elaborarla, esperando que ese trabajo de análisis nos lleve, un día más o menos lejano, a asimilar lo sucedido hasta lograr disolver el sordo dolor que ha oprimido nuestros días; podemos enfrentar las cosas negativas que nos suceden, interrogándolas, tratando de comprender la pregunta que nos plantean, o bien podemos vivir a la sombra de los recuerdos, como arcos de triunfo encima de nuestras cabezas, haciendo que toda nuestra existencia gire a su alrededor.

Los dos arcos de triunfo que acompañaron la vida de mi madre fueron el derrumbamiento por las bombas de la casa que la había visto nacer y crecer, y el final, igualmente violento, de su matrimonio. Durante toda su existencia, mi madre persiguió el sueño de volver a vivir en una villa algún día y tener un matrimonio feliz.

La villa logró tenerla, e incluso instaló delante del pequeño jardín la verja de villa Veneziani, lo único que sobrevivió a las llamas y al calor de las bombas.

Se casó tres veces, y si hubiera vivido un poco más habría contraído sin duda un cuarto matrimonio. Pero tengo la fundada sospecha de que la felicidad nunca habitó verdaderamente en aquellos lares.

Así, mientras monseñor Milioni paseaba pensativo por Le Rive y las cenas en casa no paraban, aprobé el quinto curso y, con una sensación de ligereza insólita, me dispuse a pasar el verano que me separaba de los Campos Elíseos.

De costumbre, nuestros veranos se dividían entre una breve estancia a principios de julio en una pensión de Grado, los juegos en el patio con otros niños en Trieste y el mes de agosto en Opicina, en casa de los abuelos, con mis queridos primos.

Ese mes estábamos en la gloria, primero porque éramos cinco y podíamos estar al aire libre de la mañana a la noche, y, además, porque en casa de los abuelos, como mi hermano recuerda con frecuencia todavía hoy, realmente se comía.

Pero aquel verano, el verano de 1967, la rutina se alteró de manera imprevista. Al terminar el colegio me mandaron junto a Anna, la señorita contratada para ocuparse de mi hermano Lorenzo, a casa de una vieja tía suya en una isla de la actual Croacia.

Allí por primera —y última— vez recogí una estrella de mar en las rocas: era de color rojo y con los pies tubulares; todas las que había visto hasta entonces en los fondos arenosos de la playa de Grado eran planas y blanquecinas, y ante aquel inesperado esplendor no me pude resistir. Quería llevarla a Trieste para enseñársela a mi hermano, así que en cuanto regresé de la playa cogí un recipiente, lo llené de agua, disolví en ella un puñado de sal de cocina y, con delicadeza, sumergí aquel magnífico animal.

¡Qué desilusión y qué dolor cuando, a la mañana siguiente, la vi flotando blanca e inerme en medio de la cubeta! El agua se había vuelto roja y ese color durante muchos días, muchos meses, pesó en mi corazón como la firma de un asesino.

Íbamos a la playa todas las mañanas. Era un mar de rocas, frío, bello, rodeado por un bosque de pinos del que provenía el espantoso y continuo canto de las cigarras. Por las tardes descansábamos en la penumbra de la casa, con las persianas echadas.

A veces Anna me acompañaba hasta el puerto a comer un helado. *Sladoled.* Era la palabra mágica para que se materializara. ¡Cómo me gustaba ese vocablo! Era infinitamente más bonito y sugestivo que nuestro estúpido «helado». *Slad, slad*: ¿no era ése el ruido que hacía la lengua al lamerlo?

Para mí no fueron días infelices los pasados en Croacia, sino más bien días en vilo. El orden de los acontecimientos que hasta entonces había conocido, y que me había permitido sobrevivir, sufrió una brusca desviación; intuía que me asomaba a otra cosa pero, aparte de la sensación de ligera inestabilidad, como si caminara de puntillas, no lograba ver nada.

De nuevo en Trieste, la situación de incertidumbre se transformó en profunda ansiedad. Reemplazado el bañador por un chaquetón, al cabo de pocos días me encontraba de nuevo con una maleta en la mano.

Destino: un *Kinderheim* en Austria.

Un viaje interminable en el asiento posterior del 850 con mi madre y el señor de las cenas; náuseas por las curvas, náuseas por el calor, náuseas por el abandono que sentía inminente.

El *Kinderheim* era una especie de granja en la montaña, llena de niños. Afortunadamente había alguien que ya conocía y con quien compartiría la habitación: la hija de la mejor amiga de mi madre. Tenía un año más que yo y le interesaban los temas sentimentales, cosa que me era aún del todo ajena. Mientras ella dedicaba su tiempo a leer a Liala, yo lo pasaba llorando.

La directora, además de ponerse preferentemente jerséis sintéticos, era poco amiga del agua, de forma que el único momento en que lograba no llorar era cuando la veía acercarse para darme un abrazo de consuelo.

No me llevaba bien con nadie, y tampoco sentía el menor entusiasmo por hablar alemán. La única compensación consistió en aprender a capturar erizos con la ayuda de un niño. Había cogido uno y lo había llevado a nuestra habitación. Lo alimentábamos con las sobras de nuestra comida: tortillas, manzanas, cuencos de leche. Como es un animal nocturno, caminaba toda la noche por la habitación, mientras que de día dormía en una caja de cartón.

Era lo único que desprendía calor en torno a mí. Hubiera querido abrazarlo, pero ¡desgraciadamente tenía espinas! Así que, cuando me lo permitía, le rascaba la barriga, su única parte suave.

Pasaba el tiempo libre en la sala común construyendo castillos de naipes y escribiendo cartas a mi madre. Las he encontrado todas en un cajón atadas con un lazo después de su muerte. Los renglones trazados por mi mano infantil expresaban una desesperación cada vez mayor. Tras las preguntas de rigor: cómo estás, qué haces, cómo les va a mis hermanos, aparecían las primeras fisuras: Sé que no me has llamado ni escrito hasta ahora sólo porque quieres que mi alegría sea más grande cuando esto suceda. Seguían después pequeños intentos de corrupción: Hoy te he comprado un bonito regalo, no te digo lo que es porque quiero darte una sorpresa, así como me la quieres dar tú retrasando la llamada, pero si me llamas, algo podré decirte... Es bonito que finjas haberme olvidado... He cogido florecillas para ti, pero temo que se marchiten antes de que puedas verlas...

Escribía y mis lágrimas caían abundantes sobre el papel diluyendo la tinta en algunas palabras.

En las alturas, entre aquellas lluviosas montañas, con el olor a cebolla y sudor, en la soledad consolada sólo por los pinchos del erizo, sucedió una cosa increíble: el iceberg empezó a derretirse. Pero no fue por un abrazo del sol sino por un incendio que estalló dentro de mí. Un incendio sin llamas, frío, despiadado como una explosión atómica. Más que liberación, en aquellas lágrimas yacía el proyecto de una nueva e inexpugnable prisión. Además de derretirse, el hielo tenía otro defecto, dejaba pasar la luz. Y la luz era vida, esperanza, terca ilusión de que, en algún punto, en algún momento pudiera todavía penetrar alguna forma de calor.

Por suerte, un día llegó una postal de la señorita Anna: en el reverso de la fotografía de un cachorro de cocker y un gatito, unas palabras afectuosas. Aquella postal fue la balsa que me permitió llegar hasta el final de mi estancia allí. Dormía con ella debajo de la almohada, no me separaba nunca de ella, ni siquiera de día.

Cuando me marché, la niña-iceberg había desaparecido y en su lugar, temporalmente, apareció la niña-felpudo. Inmóvil, flaca, reservada, casi no respiraba —una especie de lenguado en el suelo, a la espera de que lo pisaran.

Regresé a Trieste, pero no a mi casa sino a la de mis abuelos.

«Nuestra casa ya no está —dijo mi madre—. Dentro de diez días iremos a vivir a otra ciudad, y éste —el que frecuentaba las tabernas— es el nuevo compañero de mi vida.»

Mientras, monseñor Milioni había terminado su trabajo. «Un hombre inteligente, agudo —recordaba siempre mi madre evocando sus encuentros—. Un hombre con el que era agradable charlar.» Interrogados los protagonistas y los testigos, examinadas las respuestas, consultados importantes volúmenes y cobrado el maletín con el millón —como el señor Bonaventura,* de quien probablemente era pariente—, al final declaró nulo el matrimonio de mis padres.

En septiembre nos trasladamos a la nueva ciudad.

Nada más entrar en la nueva casa de alquiler —¡una villa!—, que era muy lúgubre, sentí que un frío glacial subía por mi columna. Como había heredado de mi madre

* Signor Bonaventura Milioni es un personaje del tebeo *Corriere dei Piccoli*, publicado en Italia entre los años 1917 y 1953. *(N. de la t.)*

la capacidad de mirar hacia delante, traté a pesar de todo de ver el lado positivo de la situación. Primero, dado que la casa tenía jardín, me permitieron por fin adoptar un perro de la perrera, y segundo, mi madre se había enamorado, estaba el hermano pequeño y a los ojos de todos los vecinos, podíamos parecer una familia feliz.

¡Una familia!

Qué enraizado tienen los niños el deseo de vivir esta realidad. Podría fingir que aquel señor era mi padre, podría aspirar a una tranquila normalidad. En efecto, el señor se volvió de repente amable conmigo, muy amable, y yo me había dejado engañar por aquella amabilidad, como los pájaros se desvían atraídos por un señuelo. Tenía diez años y un abismo afectivo que colmar, ¿qué otra cosa hubiera podido hacer?

Así, durante unos meses en la nueva situación fui verdaderamente feliz. Sólo había una sombra, un pensamiento fijo que me atormentaba como un tábano.

¿Qué había sido de mi padre?

¿Y si volvía un día y descubría que su lugar estaba ocupado por otro?

Suponiendo que no se enfadara, ¿dónde dormiría? ¿En el jardín, en su coche? ¿Dónde?

En aquella época todavía no se veían familias complejas; así, no lograba imaginar qué tipo de horizontes se abrían ante nosotros. La inoportuna pregunta inició su largo y arriesgado viaje kárstico. Subía, bajaba, se hundía, volvía a subir; parecía haberse esfumado, pero regresaba con más fuerza; yo la rechazaba pero volvía a aparecer por otro lado.

Al final, una tarde me decidí: ¡había llegado el momento! Acompañé a mi madre a hacer un recado y, en el camino de vuelta, me armé de valor. Cada diez pasos me decía: «¡Ahora, ahora!» Pero no me salía la voz. Sólo cuando vi la casa a lo lejos respiré profundamente como niña-felpudo y dije:

—Me preguntaba una cosa...

—¿Qué cosa?

—Me preguntaba si, entre todas las cosas modernas que han inventado, como los misiles, han inventado también una..., una... cama de tres plazas.

Mi madre se paralizó en medio de la calle, mirándome estupefacta.

—Pero ¿qué dices? —me preguntó, gélida.

Con las últimas fuerzas concluí mi pensamiento.

—Bueno, es decir..., me preguntaba..., cuando llegue papá..., ¿dónde dormirá?

—Papá no vendrá nunca más —respondió secamente, y reemprendió la marcha.

—¿Por qué?

—Porque así lo ha decidido el Tribunal Apostólico de la Rota —me respondió su espalda.

—¿Qué ha decidido?

—Que jamás ha existido.

Fin de la información.

En los días que siguieron logré recabar más detalles por mi hermano. El Tribunal Apostólico de la Rota estaba en Roma, en los edificios que se encontraban en la plaza de San Pedro, y una de sus atribuciones era la de romper para siempre las relaciones entre las personas.

Durante meses el Tribunal Apostólico de la Rota pobló mis momentos de duermevela; veía las puertas de bronce de San Pedro abrirse de golpe y, de repente, aparecía aquel monstruo que giraba; era una especie de neumático de dimensiones espantosas, en lugar de surcos tenía cuchillas de afeitar y por donde estaba el perno salían grandes nubes de incienso. No en vano era sacra.

Tras un instante de indecisión, la gigantesca rueda dentada se lanzaba escaleras abajo de la basílica, dispuesta a atropellar a todas las personas que se encontraban en la plaza; para intentar escapar de sus cuchillas se producía entonces una desbandada general; entre gritos de desesperación, todos buscaban protección detrás de una columna o una fuente. Con los que no lo lograban, el destino era inexorable: los aplastaba y cortaba a trozos con las cuchillas, los padres eran separados de los hijos, las mujeres de los maridos y, probablemente, entre las víctimas también había abuelos y primos arrastrados por la furia de aquella bestia sanguinaria.

Evidentemente aquel día mi padre tuvo la estúpida idea de ir a pasear a la plaza de San Pedro...

Tras la muerte real de mi padre, cuando yo ya era mayor, quise resolver el misterio del Tribunal Apostólico de la Rota. ¿Cómo era posible anular un matrimonio del que habían nacido tres hijos?, me preguntaba.

Así que fui a ver a quien sabía que había sido uno de los testigos del proceso de anulación. Era uno de los amigos de infancia de mi padre y lo conocía muy bien.

—Antes de ver a monseñor Milioni —me dijo—, me preparé para decir lo que creía que quería escuchar, que además era la verdad. Le diría que era un hombre de poco fiar bajo todos los puntos de vista, que bebía, que era muy promiscuo, en definitiva un verdadero desgraciado, pero cuando abrí la boca, monseñor Milioni me detuvo con un gesto. «No quiero saber nada. Respóndame sólo a una cosa: ¿es masón?»

—Sí, lo es —respondí.

El Tribunal Apostólico de la Rota emitió así su veredicto.

21

Los primeros meses en la nueva ciudad, con mi nueva familia y mi ingreso en el instituto de enseñanza media, permanecen en mi memoria como un haz de luz en medio del bosque. Me sentía feliz como nunca hasta entonces, todo lo que había deseado en los diez años precedentes se había realizado.

Tenía un padre, un jardín, un perro, una madre feliz, enamorada de su compañero; incluso en el colegio, aunque no eran los Campos Elíseos, tenía un profesor de letras que no me daba miedo y que cuando hablaba decía cosas que me hacían reflexionar.

A lo mejor por mi situación familiar irregular —entonces esas cosas contaban— terminé en la peor clase del colegio, la H, creo. En mi clase, toda de niñas, había varias repetidoras, hijas de feriantes y otras que provenían del sur. Me sentía muy a gusto, lograba incluso despuntar. Tenía una compañera de pupitre discreta y silenciosa que se convirtió en mi mejor amiga.

Tengo una polaroid en blanco y negro de aquellos años, creo que hecha por ella, en la que aparezco sentada en la cama abrazando a mi adorado perro *Red*, un pequeño cascarrabias de pelo leonado con cuerpo de setter y patas de teckel.

En esa fotografía se ve que soy feliz.

En otra polaroid, mi amiga Marina está sentada en la misma cama, por lo tanto es evidente que, a falta del moderno disparador automático, nos habíamos inmortalizado mutuamente para recordar aquella tarde.

En estos últimos años, según una opinión bastante común, se ha consolidado la idea de que, después de todo, la familia no es tan importante para los niños. Padres, madres, compañeros, compañeras, hermanastros, hermanastras, abuelos y abuelastros pueden formar un alegre e inocuo telón de fondo en su crecimiento. En realidad pienso que es una gran mentira validada para acallar las conciencias.

Es verdad que los niños se adaptan a todo y que encuentran la manera de sobrevivir en cualquier situación pero, en el fondo de su corazón, sólo desean una cosa: tener una mamá y un papá, a poder ser que se quieran; y posiblemente también hermanos. La vida quiere vida y, para mantenerse en el camino del ser humano, al menos tal como lo hemos conocido hasta ahora, quiere reconocerse en el fluir regular de las generaciones.

Así, durante aquellos meses de inesperada tregua, la niña-felpudo empezó a tomar cuerpo; respiraba, se movía, incluso se reía; por la noche, cuando se dormía abrazada a la almohada, soñaba por fin con el futuro. Un futuro sin abismos ni esqueletos, sin cárceles para la lengua y la mente, sin soledades ni terrores.

Mi madre y su nuevo compañero, ambos diseñadores gráficos, abrieron un negocio y el trabajo parecía absorber todas sus energías, y con frecuencia regresaban tarde por la noche. Entonces yo ponía sobre su cama unas florecillas o unas notas con un corazón dibujado. ¡Os quiero! ¡Os quiero!

Era feliz, completamente feliz.

Los domingos, como una verdadera familia, solíamos ir de excursión con el 850 rojo y al día siguiente, en el colegio, podía por fin escribir: «Ayer hice una bonita excursión con mis padres...» Cuando mi madre empujaba el cochecito por la calle con su compañero la gente los miraba admirada. ¡Qué pareja más encantadora y qué niño tan guapo tienen!, comentaban. Se consideró enseguida el pequeño como fruto de su amor y yo traté de adaptarme. Existía el problema del apellido, es cierto, pero estaba segura de que encontrarían una solución para eso también. Dado que mi padre no había existido, no resultaría demasiado difícil quitarse un día su apellido, como si de un traje se tratara.

La repentina oleada de optimismo me hizo abandonar la idea del bergantín que debía llevarme a Madagascar. De nuevo consciente de la dimensión emocional de mi vida, volví a adoptar la compasión como sentimiento predominante. Ya no eran las ciencias naturales sino la medicina lo que sería la nueva meta de mi vida. Curar y aliviar el dolor: no me parecía que pudiera existir un trabajo mejor.

Quería ser pediatra, casarme y tener una infinidad de niños. Soñaba con una casa luminosa llena de voces alegres. A partir de aquel momento, la luz y el amor guiarían mi vida, estaba segura.

Tengo un amigo entomólogo que con frecuencia hace peritajes para quien compra una casa en el campo. El vendedor puede ensalzar la propiedad todo lo que quiera, pero es en las vigas donde se ocultan las insidias más peligrosas. Por eso se requiere un experto. La carcoma es un animal misterioso, sostiene mi amigo. Trabaja en soledad, en la oscuridad, durante años; se acopla en la oscuridad, se reproduce en la oscuridad; entras en una casa, miras a tu alrededor y todo parece perfecto, luego un simple golpe de viento provoca un portazo y, de repente, no queda otra cosa que un montón de ruinas y serrín. La carcoma trabaja con una paciencia meticulosa, donde hay materia crea el vacío; para evitar males mayores sólo se puede hacer una cosa: darse cuenta a tiempo de su presencia.

¿Me había dado cuenta o no me había dado cuenta?

Y mi madre, ¿se había dado cuenta y había hecho como si nada?

¿Acaso había seguido adelante a pesar de todo porque era precisamente el diabólico y oculto proceder de su compañero que la atraía?

¡Cuánta verdad hay en los dichos populares! La primera impresión es la que cuenta, y mi impresión la primera vez que lo vi fue muy negativa, pero luego quise creer en la fábula. Mi madre creía en ella y nosotros, confiados, la seguimos. Era tan bonita aquella ilusión, tan tranquilizadora; por fin las tinieblas se habían disuelto, y al esfumarse parecieron haber arrastrado consigo a la señora B.

Un día, en el silencio de la casa, gracias a mis grandes orejas empecé a oír un ruido ligero y continuo: *tk, tk, tk*. «¿Qué animal será? —me pregunté—. ¿Será la carcoma o el reloj de la muerte?»

Si bien durante los primeros meses hubo algunos indicios, no los tomé en consideración, como cuando le regaló la honda a mi hermano, instigándolo a romper cristales o cualquier cosa que se le cruzara por delante, o la pequeña pistola del calibre 22 que le puso en las manos con la misma intención. No eras hombre si no sabías usarlas, no eras hombre si no eras capaz de destruir.

A mi hermano no le hacía ninguna falta que lo estimularan en ese sentido, pero yo pensaba que eran cosas de hombres, cosas que no me concernían: crujidos, un poco de serrín que caía de una viga, nimiedades.

Recuerdo otro episodio, de regreso de una excursión a la montaña: la carretera bordeaba un espantoso precipicio, y él iba ya bastante achispado, pero percibía mi miedo; se detuvo en un bar y se tomó de un trago una grapa tras otra, a pesar de que le supliqué que no lo hiciera. Luego se puso a conducir, totalmente alterado, pisando a fondo el acelerador, dando bandazos, cortando por las curvas y evitando en el último segundo los coches que venían en dirección contraria. Llegamos vivos a casa de milagro pero, durante días, fui presa de un sutil terror. Esta vez tardé un poco en sintonizarme de nuevo con la longitud de onda de la fábula.

Creo que lo que frenaba su locura era la presencia de mi abuelo, que, aunque anciano, continuaba ejerciendo una cierta autoridad; un domingo al mes los abuelos venían de Trieste a comer y de alguna manera servía de control. Pero desgraciadamente mi abuelo falleció de golpe, y con su muerte todo saltó por los aires. La fábula se desvaneció en un instante, se levantó el telón y se descubrió el horror. El hombre cuyo apellido yo soñaba llevar era en realidad un sádico perverso y paranoico. Veía enemigos por todas partes, odiaba al mundo entero y, en el mundo, a las personas más cercanas a él, es decir, a nosotros.

Mi hermano mayor y yo cargábamos con una culpa grande e imborrable: éramos hijos de nuestro padre, el hombre de las chanclas y de las bermudas con flecos que pasaba el tiempo bronceándose en las playas de Marruecos. Éramos los hijos de un pervertido, de un pederasta, de un bastardo, como a él le gustaba repetir.

La sentencia de monseñor Milioni no tenían ningún valor para él, ninguna anulación podía borrar la realidad: nuestro padre vivía en nuestros rostros, en nuestras palabras, en nuestra respiración. Y cada día tenía que derrotarlo en nuestros rostros, en nuestros gestos, en nuestra respiración.

Ante estos estallidos de violenta ira mi madre permanecía impasible y ausente, no nos defendía, no decía nada.

En aquellos días descubrí que la señora A y la señora B ya no existían; una nueva persona entraba en nuestras vidas: la señora C. Ésta nos observaba con la misma metódica atención con la que un entomólogo observa sus insectos agitarse en una probeta de cristal. Insectos o quizá desechos abandonados en la arena por la última marejada. Tuvo que cargar con nosotros al cambiar de vida, pero estaba claro que hubiera preferido no hacerlo.

La señora C, como supe durante aquellos años, contenía también a la señora D, a la señora E y a muchas otras. No éramos hijos de una mujer, sino de una muñeca rusa: abrías una y dentro siempre había otra, idéntica a la primera. La B, la C, la D y la E asesinaron probablemente a la dócil e inocente A, que ahora estaría en el Paraíso tejiendo mantitas.

Aquella impasibilidad no la dirigía sólo a nosotros sino

también a sus padres. En los días que precedían la visita de los abuelos se desencadenaba un aquelarre de gritos, patadas, portazos, objetos lanzados, todo ello acompañado de epítetos obscenos, entre los cuales había un par que me dejaban perpleja:

«¡No quiero la pastilla de jabón en la casa! —gritaba como un poseso—. ¡No quiero la pantalla de la lámpara en la mesa!»

Tardé un poco en comprender la relación que tenían esos dos inocentes objetos con mi abuela. «Jabón» y «pantalla» no me parecían insultos especialmente agresivos hasta que no me di cuenta de que, siendo él un feroz antisemita, odiaba la sangre judía que corría por las venas maternas de mi familia y «jabón» y «pantalla» eran los objetos en los que lamentaba que no se hubiera transformado mi abuela y en los que, probablemente, esperaba que nosotros nos transformáramos un día.

Ver que mi madre no reaccionaba a los insultos dirigidos a su propia madre me dejaba atónita. Si yo hubiera estado en su lugar, le habría gritado: «¡No te consiento que digas esas cosas!», y luego lo habría echado de casa a patadas.

En cambio, ella seguía sonriendo silenciosa, asintiendo vagamente.

Tenía once años entonces, y los manuales de psiquiatría quedaban lejos de mi alcance. No sabía que los sádicos violentos y paranoicos poseen una habilidad muy similar a la de las arañas: una vez localizada la presa, lentamente y sin ser vistas, empiezan a segregar el hilo de seda; sus armas secretas son la amabilidad y la dedicación, así, en poco tiempo, la persona escogida se da cuenta de que no puede seguir viviendo sin aquellas afectuosas atenciones; mientras, el hilo gira y se enrolla, y la presa, prisionera, se debate inútilmente: de hecho, en la naturaleza no existe ningún material más elástico y resistente que el de las telarañas.

A partir de las cenas, lo había concebido todo únicamente para realizar el diabólico plan del que el cambio de ciudad era el último acto.

Jaque mate.

Al fin envuelta en la telaraña, separada de su familia, alejada de sus amigos y de todo lo que había conocido y que, de alguna manera, representaba una vía de salvación, la araña pudo entonces iniciar, sin prisa, la segunda parte de su trabajo: devorar con estudiada lentitud a su presa.

Un día, mientras estábamos solas, le pregunté a mi madre:

—¿Por qué nos trata tan mal este señor?

—Porque es un genio —me respondió—. Y para nosotros es un gran honor vivir junto a él.

Al escuchar aquella palabra me vino a la mente Mozart, el único genio conocido en mi cultura infantil. Así, con el pragmatismo que me caracteriza, le pregunté:

—¿Acaso toca algún instrumento?

—No —me respondió—. Pero si quisiera podría tocarlos todos.

En ese momento comprendí que estábamos perdidos.

22

La casa donde vivíamos suscitaba la admiración de muchas personas: construida por una familia pudiente en los años sesenta, respetaba todos los cánones de la arquitectura vanguardista de entonces, es decir, una gélida combinación de cristal, obra, ángulos agudos y líneas rectas. Para mí no era otra cosa que una enorme caja de cemento en la que era imposible encontrar un sitio donde sentirme relajada, recogida y tener la humana y muy animal sensación de estar en mi guarida.

Era una casa pensada para recibir numerosos invitados, por lo que tenía un gran salón y hasta un guardarropa y un baño de mármol rojo, destinados a los eventuales convidados a las recepciones y cenas. Cenas que, como era obvio, no tuvieron nunca lugar porque a ningún extraño le fue jamás concedido el derecho de entrar en nuestra vida cotidiana.

Yo pasaba la mayor parte del tiempo en el jardín con *Red*.

No era muy grande, pero tenía rincones donde la vegetación era suficientemente frondosa para poder esconderme del mundo. De la misma manera que me ha resultado difícil siempre hablar con los seres humanos, me ha sido muy fácil comunicarme con los animales, como si poseyera un natural anillo del rey Salomón.

Hasta entonces sólo había tenido peces rojos y algún hámster: los únicos animales permitidos a los niños de ciudad. En realidad, durante un breve período en Trieste, habíamos tenido un gato, *Shapur*, que mi hermano y yo queríamos mucho, pero mi padre sentía un odio visceral por los animales —los cuales, como los niños pequeños, pertenecían al orden de las cosas difíciles de manejar, que había que cuidar y que, al final, suponían sólo una pérdida de tiempo—, y cuando tropezó con él en una de sus visitas trimestrales gritó: «¡O yo o el gato!» Y así llevaron a nuestro adorado *Shapur* al veterinario y, con una inyección, lo expidieron a ronronear a las verdes praderas de Manitu.

También hubo un perro que atravesó fugazmente nuestra vida en la ciudad: una perra de aguas; cuando llegó a nuestra casa —regalo de un admirador de mi madre—, *Manon* tenía apenas cuarenta días. Todavía recuerdo el salto de felicidad que dio mi corazón en cuanto la vi: una bola de pelo blanco con la barriga temblorosa. Mi hermano y yo estábamos locos por ella, así como ella lo estaba por nosotros. Lástima que, aparte de nosotros, no quisiera a nadie más y que esto, una vez adulta, se transformara en un serio problema. Así, también *Manon*, un buen día, desapareció de nuestro horizonte.

Además de *Red*, en aquella época tenía una pequeña pajarera con canarios, otros tipos de pájaros y una cotorra que había amaestrado. He leído en algún sitio que Mike Tyson fue un apasionado criador de pájaros; parece que cuidarlos es un gran antídoto para las personas que sienten una violencia incontrolable.

Ahora tengo una gran pajarera y cuando cuido a mis amigos cantores disfruto de momentos de verdadera serenidad.

Pensando en aquellos años, veo con claridad el gran cambio que se produjo en mí: de repente, mi inocencia se quebró; hubo una nota más alta que otra y aquella nota la hizo añicos, como el cristal. Ya no tenía el iceberg protector. No tenía corazas ni escudos. Ni siquiera era la niña-felpudo. Mi naturaleza era —y es— la de un alma cándida, ajena a la malicia cotidiana del mundo. No sabía imaginar maldades, y menos aun se me pasaba por la cabeza hacerlas. Hasta entonces, la compasión había sido el sentimiento que movía mis días. Lloraba por compasión y por compasión me formulaba preguntas sin parar sobre la génesis y sobre las razones del mundo.

No ignoraba la existencia de la fosa de las Marianas, la vorágine negra que resuena constantemente, y que hasta ese momento sólo había contemplado desde lo alto, asomándome apenas a su superficie.

Aquellos días, meses y años, como los canarios que absorben el grisú de las minas y mueren, mi cuerpo empezó a absorber la terrible energía del mal.

Un mal feroz, lúcido, potentísimo.

Todo aparecía desnudo ante mi mirada; mi persona y la pura y gélida fuerza de destrucción se encontraban una frente a otra, inmersas en la contemplación.

Estaba sola, como lo estuve muchos años antes en un maizal, jugando al escondite. Estaba agachada entre las espigas cuando, de golpe, vi a mis pies una serpiente negra enrollada sobre sí misma. En lugar de huir o gritar, me quedé quieta, observándola. Ella también me miraba.

Seguimos así un buen rato, con la mirada de la una magnetizada por la mirada de la otra. Mientras, el juego había terminado, y oía las voces de mis amigos llamarme, cada vez más alarmadas. El sol se ponía y su luz teñía de naranja las mazorcas a mi alrededor. Sólo entonces la serpiente se desenroscó y perezosamente, con su cuerpo sinuoso, desapareció entre las hileras de la plantación; sólo entonces fui al encuentro de los niños que me buscaban, sintiéndome aturdida, como una extraña entre ellos.

La nuestra, sin embargo, fue una lucha desigual. Tenía once, doce años y estaba sola, nadie podía ayudarme. Mi hermano mayor, que cursaba por entonces el bachillerato, se esfumaba, casi no lo veía. Eran los años turbulentos en torno a 1968 y la opción de compartir su tiempo entre novias y barricadas era ciertamente mejor que la de quedarse en casa para que lo insultaran y le pegaran patadas.

Yo cuidaba de mi hermano menor que, cuando no servía para la representación de la familia feliz, vivía abandonado en una habitación delante de un televisor siempre encendido, con la nariz sucia, dispuesto a agitar la cola y a sonreír a quien le prestara un poco de atención.

Un día de invierno cayó enfermo y por pura desidia la enfermedad progresó: lo salvaron in extremis de una pulmonía devastadora. Permaneció en el hospital más de un mes; lloraba, no quería que le pusieran las inyecciones, le daban miedo las monjas. Cuando volvió a casa yo estaba convencida de que también él se había transformado en un niño-felpudo.

Mientras, yo trataba de sobrevivir como podía. Pasaba mucho tiempo fuera de casa; como aún no me interesaban los pretendientes y estaba cronológica y mentalmente lejos de las barricadas, me dedicaba a caminar con el perro por las tardes o a ir en bicicleta hacia los arrabales más alejados; atravesaba áridos descampados, seguía las vías del tren durante kilómetros. En cuanto podía iba a dormir a casa de alguna compañera de colegio. A nadie le importaba dónde estaba o lo que hacía. Pasé la infancia y la adolescencia en un estado de total abandono.

Durante un tiempo me aferré al deporte, el movimiento me ha hecho siempre feliz; hacía atletismo e iba casi todos los días a las pistas a correr, a saltar, a lanzar la jabalina, en definitiva, a sobrevivir. Como me entrenaba siempre con zapatillas de paño azul, para mi cumpleaños pedí zapatillas de deporte algo más robustas. Las zapatillas llegaron, pero cuatro números más grandes. No tuve el valor de decirlo porque no habría soportado su habitual manera de reaccionar: «¡No te conformas con nada!» Entonces las rellené de algodón y participé en las carreras chancleteando como Goofy. Cuando al fin gané una medalla de oro y regresé triunfante a casa, la única reacción de mi madre fue: «Qué vas a haber ganado tú.»

Para poder aguantar, luchaba contra todo y contra todos, pero era una lucha cada vez más desigual, cada vez más destinada a fracasar. Día tras día, partes de mí se agrietaban como restos arqueológicos bajo el azote de la intemperie, oía su caída, veía los cascotes acumularse a mis pies y no lograba hacer nada para detener la inexorable destrucción.

Iba cada vez peor en el colegio, pasaba horas encima de los libros pero no entendía nada. En el bachillerato me encontré con profesores inflexibles, encarnizadamente severos, incapaces de imaginar ni siquiera por un instante que mi lentitud no era debida a una falta de inteligencia, sino a otra cosa.

Nadie supo abrir una brecha, nadie me tendió una mano, nadie tuvo el detalle de ofrecerme un vago motivo de esperanza.

Así, en poco tiempo, yo también me convencí de mi escasa inteligencia y mi futuro empezó a limitarse vertiginosamente: ni medicina, ni universidad, ni nada de nada.

Para fijarme metas pensé que podría ser maestra de párvulos o trabajar como jardinera; a mi hermano los profesores le aconsejaron ser vendedor, pero yo no me veía capacitada para tratar con el público.

Día tras día sentía la locura crecer dentro de mí mientras me fallaban cada vez más las fuerzas para combatirla.

Mi padre volvió a aparecer con cierta regularidad. Dormía en un hotel y antes de marcharse nos llevaba a comer fuera. Por aquel entonces, su mirada se había desplazado del Tíbet a las estepas de Asia central: Gengis Khan y su reino absorbían toda su atención y del primer plato al postre nos hablaba únicamente sobre la vida y las actividades de los mongoles. A veces pronunciaba palabras en chino, trazando con la mano ideogramas en el aire. Mi hermano aprovechaba para comer a dos carrillos, y yo esperaba que, al menos por un instante, mi padre reparara en mi mirada.

Más que mi mirada le interesaba mi cuerpo.

Un día, al ver que llevaba pantalones cortos, murmuró emocionado: «Con esas piernas, volverás locos a todos los hombres...» No sabía muy bien cuáles eran los temas que un padre debía tratar con su hija, pero la observación, que tenía la intención de ser un cumplido, me hirió profundamente.

Pero con todo era mi padre, así que un día, exasperada por mi infelicidad, decidí coger papel y lápiz y escribirle. En la larga carta le conté sin entrar en detalles que me sentía muy mal en casa y que quería irme a vivir con él a Roma. Con o sin monseñor Milioni, en el fondo era mi padre, ¿no? Y además, un día en que no tenía ningunas ganas de verlo, ¿no fue precisamente él el que me susurró al oído con su voz de gato seductor: «¿Por qué no te vienes conmigo, pajarillo? Estamos hechos el uno para el otro...»?

En secreto terminé la carta y a escondidas salí a echarla. Qué sorpresa y qué terror cuando, al día siguiente, al regresar del colegio, encontré a mi madre esperándome con la carta abierta en la mano.

«La ha encontrado una amiga mía —dijo—, y ha pensado que debía traérmela. De todos modos, si no eres feliz en esta casa podías decírmelo a la cara en lugar de tramar a mis espaldas. En lo que respecta a tu padre no te hagas ilusiones; si quieres, puedes llamarle por teléfono y preguntárselo, pero su respuesta será "no". A él, vosotros no le importáis nada.»

Fin de la información.

Fin de la posible huida.

Fin de la esperanza.

Un día, cuando era ya adulta, mi padre me confesó que siempre había sabido que quien había ocupado su lugar en nuestra vida estaba gravemente desequilibrado, pues se conocían desde la primaria. Cuando se enteró de que era el nuevo compañero de mi madre le escribió inmediatamente una carta sugiriéndole que lo dejara, le decía que era un hombre violento, cruel y demente. Pero ella ya estaba envuelta en la telaraña, y le respondió escuetamente: «Pero ¿qué dices? Es el hombre más maravilloso del mundo.»

—¿Y nosotros? —le pregunté entonces a mi padre—. ¿No pensaste en nosotros?

—¿Vosotros? —me respondió, sin el más mínimo pudor—. Vosotros debíais aprender a sobrevivir.

Había olvidado al darwinista.

Le formulé la misma pregunta a mi abuela.

—¿Por qué no hiciste nada?

—Parecían tan felices —me respondió—. Y, además, no quería hacer el papel de suegra metomentodo.

Sólo la tía Letizia, mi madrina, intuyó algo.

—En esa felicidad hay algo que no funciona —dijo.

23

La tía Letizia no vivía muy lejos de la casa donde nací; sin embargo, nunca nos encontrábamos por la calle o en un café, como sucedía con las demás personas de la familia. Cuando íbamos a visitarla, nos recibía siempre en el salón o, si la estación lo permitía, en el jardín. Tenía un pequeño perro llamado *Bambi*, un pinscher que vivía prácticamente en sus brazos.

Su apartamento daba a un jardín muy frondoso, quizá por eso la recuerdo siempre envuelta en una penumbra iluminada sólo por sus ojos, que brillaban luminosos como estrellas.

Había tenido tres hijos y los perdió todos durante la guerra. El primero desapareció en Rusia, el segundo fue a buscarlo y no regresó, y el tercero murió uno de los últimos días de la guerra, alcanzado por una granada en pleno centro de la ciudad.

Cuando entraba en su casa yo sentía un extraño desasosiego. Entonces no sabía bien lo que había sucedido, sólo me dijeron que sus hijos habían desaparecido en un país lejano y que ella seguía buscándolos. Recibía con frecuencia cartas o indicaciones, cartas e indicaciones que reavivaban en ella una cierta forma de esperanza latente.

Mi abuela me habló de los numerosos chacales, personas que por dinero prometían informaciones que después se revelaban siempre falsas.

Era evidente que aquélla no era una casa adecuada para los niños. Libros por todas partes, cuadros, alfombras, objetos de plata, sofás de terciopelo, un gran piano de cola: no podíamos jugar a perseguirnos como hacíamos en casa de los abuelos.

Todo el tiempo que duraba la visita me quedaba sentada en el borde de un sillón, quieta y seria, escuchando lo que decían los mayores: asuntos de los que no entendía prácticamente nada. Hablaban sobre todo de cuestiones familiares o de cosas que concernían al padre de la tía Letizia, el tío Ettore.

El tío Ettore compartía un poco el destino de la tía Marisa.

Aunque no se encontraba allí en persona, estaba siempre presente.

Al contrario de lo que ocurría con mi tía, sin embargo, había un retrato suyo colgado en el salón: un señor más bien corpulento, con bigotito, sin maldad en la mirada.

La tía Letizia tenía una voz profunda y maravillosa, cuando decía «papá» la vibración sonora invadía toda la habitación. A mis ojos de niña era guapa como una diosa de la mitología: de piel oscura, tenía los dientes muy blancos y regulares, ojos brillantes y luminosos —como si se hubiera esparcido dentro de ellos fragmentos de piedras preciosas, diamantes, esmeraldas, topacios— y los lóbulos de las orejas alargados por la costumbre de llevar pendientes pesados.

Si bien era mi madrina —y por lo tanto me tuvo en sus brazos mientras fuera arreciaba la tempestad prometiéndole al Cielo acompañarme en el camino hacia la Luz—, no tuve con ella ningún tipo de acercamiento durante mi infancia. No podía decirle, por ejemplo, como hacía con mi abuela, que tenía hambre y quería merendar o que me dolía la barriga. Cuando la sirvienta traía los vasos con las bebidas, yo decía «gracias» y bebía en silencio.

Cada vez que se planeaba ir a verla, se me hacía un nudo en el estómago; nudo que se disolvía en cuanto se cerraba la puerta a nuestras espaldas y volvíamos a sumergirnos en el banal bullicio cotidiano.

Mi tía era siempre muy cariñosa conmigo, pero aquella amabilidad no mitigaba en modo alguno la extraña ansiedad que sentía cada vez que entraba en su casa. La densidad del aire era distinta, y mi tía parecía tener la austera autoridad de una sacerdotisa. Más que una casa era un templo: pero el tipo de ritual que allí se celebraba no me resultaba claro. Todavía no sabía que el Ángel, como la noche del Éxodo, había pasado ya y, en lugar de trazar la señal con la sangre del cordero en la puerta, lo hizo en mi frente.

24

En el desarrollo de una persona, el sadismo y la falta de amor pueden producir profundas desestructuraciones a las que resulta difícil poner remedio.

Viene a ser como cuando en el transcurso de un experimento se somete un objeto a un fuerte impacto: ¿dónde y de qué manera se deformará? ¿Se crearán fisuras, fracturas? ¿Estallará? Nadie lo puede saber. De hecho, nunca se puede prever en qué punto y cuándo cederá la estructura. Aparte de la certeza del hundimiento, no hay nada más.

Naturalmente, al principio no te das cuenta, estás convencido de que te mantienes firme sobre tus piernas, no te das cuenta de que te has convertido en un camaleón: tu piel se impregna de los matices del ambiente que te rodea; desde la piel, el cambio se absorbe lentamente, pasa a tu interior y lo transforma; caminas tranquilo en apariencia y todavía no sabes que tus ojos ya no son tus ojos, que tu corazón ya no es tu corazón.

El odio excava cavidades enormes dentro de las personas. Como el vacilo de Koch, día tras día, devora tus pulmones; piensas que eres una persona pero en realidad eres una cavidad kárstica; la temperatura es siempre baja y por eso sientes la necesidad de calor.

Pero ¿cómo se puede encender fuego en las vísceras de la tierra? Al no haber tomas de aire el oxígeno se agota rápidamente; en lugar de llamas, el fuego produce humo; el humo desprende óxido de carbono y tú, en lugar de calentarte, mueres al cabo de poco.

¡Qué error pensar en el odio como algo que inflama!

Es el amor el que arde, el odio sólo puede helar.

La destrucción que implantas en tu vida tan sólo es un intento de darte calor.

En casa la situación se hacía cada día más difícil. Cuando volvía del colegio y nos sentábamos a la mesa a comer, el preámbulo era: «Tu hija ha intentado matarme.»

La señora D, F, G, en lugar de responder: «No digas tonterías», o de llamar a la ambulancia del psiquiátrico, asentía con seriedad. Según las distintas versiones, yo era capaz de atentar contra su vida de muchas maneras, pero las preferidas eran las más traicioneras, dignas de un banquete de los Borgia: venenos en el agua, esquirlas de cristal o invisibles clavos hábilmente mezclados en la comida. La única arma de que disponía era repetir cada vez: «¡No es verdad!», pero mi voz era la del niño que grita: «El rey está desnudo.»

La fábula, aunque pertenecía al mundo de la fantasía, se convirtió en una película de horror, en un Gran Guiñol, ya que no guardaba relación alguna con lo concreto del mundo real. La verdad de los hechos era absolutamente irrelevante; en la realidad alterada por la locura, la cotidianidad sólo tenía dos caras, como un moneda: la fábula de la felicidad, recitada de cara al mundo exterior, y la película de horror, que cambiaba cada día aunque era siempre igual de monótona y que se desarrollaba entre las paredes de casa.

Cuando hay un homicidio en un edificio, las respuestas que los vecinos dan a los periodistas manifiestan siempre estupor: «Era una buena persona, tranquilo, educado, nunca había creado ningún problema.»

El asesino.

Yo vivía siempre metida en un laberinto de espejos deformantes. Al principio todavía tenía una visión clara de mi imagen, pero con el tiempo mis certezas empezaron a venirse abajo.

Charles Darwin decía que había perdido completamente la fe en un Dios bueno observando las costumbres de ciertos icneumones. No alcanzaba a comprender que pudieran existir criaturas tan crueles, capaces de paralizar su presa —habitualmente una suculenta oruga— traspasándola con su aguijón y manteniéndola con vida. Y es que estos insectos en particular necesitan comida fresca para sus larvas, que depositarán al cabo de poco sobre la presa viva, de la que éstas se alimentarán, día tras día.

La imposibilidad de establecer una relación con lo real, me transformó lentamente en aquella oruga. Estaba paralizada por el dardo venenoso, no lograba moverme ni pedir ayuda. Además, ¿qué ayuda habría podido pedir? A los ojos de los extraños, la representación se desarrollaba de forma intachable.

Lentamente, la certeza de lo que era verdad lo que no lo era se iba confundiendo también en mis pensamientos.

¿Quién era, qué sucedía a mi alrededor? Ya no sabía darme una respuesta.

Entre tanto, mi padre había desaparecido; no daba señales de vida desde hacía más de un año; aunque lo hubiera querido, no habría sabido dónde buscarlo, cómo encontrarlo. Mi hermano mayor salió de casa un día diciendo adiós, y en lugar de ir al colegio o a ver a alguna novia, se fue a Dinamarca en motocicleta y allí se quedó trabajando en una heladería.

Uno de los lados positivos de mi madre era la total ausencia de ansiedad. Esa noche, al ver que no había regresado, no se preocupó en absoluto. *No news, good news* era el lema que le permitía navegar serena a través de las turbulencias de los días.

Un día, a mi regreso del colegio, no vi a *Red* esperándome como de costumbre. Entré en la cocina y vi su camita cerrada en una esquina, su collar rojo con una medallita colgado de la manilla del radiador. Mi madre estaba cocinando, veía su espalda.

—¿Dónde está el perro? —pregunté.

Siguió cortando, estaba preparando un sofrito, creo.

—Lo hemos tenido que sacrificar —respondió sin darse la vuelta—. Estaba enfermo.

Naturalmente, el perro no estaba enfermo, sino que se había convertido en una presencia desagradable. Mi pobre, inocente y desgraciado *Red*, único puntal afectivo que quedaba en mi vida, también había desaparecido.

En las noches de verano, las mariposas nocturnas baten las alas frenéticamente alrededor de las lámparas: como son criaturas concebidas para la noche, ante una luz inesperada y violenta pierden por completo la dirección de su vuelo.

En un cierto momento yo también perdí la orientación de golpe.

Entonces empecé a vivir en las salas de espera de los psiquiatras.

Mi madre les decía que, desde que nací, lloraba de una manera diferente a los otros niños, que ya en párvulos la maestra la había puesto en guardia sobre una posible enfermedad mental oculta bajo aquellas inofensivas trencitas. Al final, ella también tuvo que rendirse a la evidencia: había hecho todo lo posible por salvarme pero no lo había logrado. Además, en la familia ya se habían dado casos de personas no del todo normales.

Cuando un médico, concluida su triste explicación, la invitó a volver con su marido para la siguiente sesión, mi madre se levantó de golpe diciendo: «¡La loca es ella, no nosotros!», y salió indignada dando un portazo.

No volvió a poner los pies en aquella consulta.

Después de ese episodio decidieron alejarme de casa. Empecé entonces una larga peregrinación entre colegios, familias de acogida, habitaciones alquiladas. Sentía dolor, por supuesto, desolación, pero también un cierto alivio. Por fin dormía tranquila y comía en paz, comodidades a las que no estaba acostumbrada desde hacía demasiado tiempo.

Un día, el psiquiatra me acompañó en coche y, antes de que bajara —no recuerdo si en respuesta a una pregunta mía o no—, me dijo: «Tu madre es una persona gravemente enferma.»

¡Gong! ¡Gong! ¡Gong!

Me aferré a aquella frase como a un bote salvavidas. O sea, que todo lo que había intuido era verdad. ¡La señora A, la B, la C y la D existían! Entonces, yo no tenía ninguna culpa, no había ninguna locura en mí, se trataba más bien de algo sutil, oscuro, metafísico, que desde el nacimiento había envuelto y condicionado mi vida.

El final de este atormentado período lo quiero concluir con el brindis que se solía oír en aquella casa durante los cumpleaños y otras ocasiones felices.

Chin chin, chin chin, prosit!

Copas en alto y todos juntos en coro: «¡Que tu muerte sea más atroz que la mía!»

Escuela de crueldad.

25

He empleado gran parte de mi vida en liberarme del veneno que me fue inoculado. Todavía ahora, de vez en cuando, sueño que el icneumón me paraliza con su dardo.

Pero el veneno, como en la homeopatía, me ha servido de antídoto: a lo largo de mi vida no he aceptado, ni permitido que duraran, relaciones en las que entreveía indicios de manipulación y falsedad. Sin duda, esto no me ha facilitado las cosas, porque la manipulación y la falsedad constituyen la base, de manera más o menos evidente, de la mayor parte de las relaciones humanas, al menos de las que no se desarrollan bajo la luz del conocimiento.

El prolongado entrenamiento ascético de mi infancia y de mi juventud me ha permitido convertirme en una persona totalmente libre de las ataduras del sentimentalismo, en una persona sedienta de verdad, incapaz de conformarse con las pequeñas gratificaciones del ego, tan queridas por quien no puede afrontar la aparente desolación de la desnudez.

No aferrarse a nada.

No desear nada.

No esperar nada.

Saber que se es nada.

¡Cuántos libros sobre ascetismo es necesario leer, cuántos severos retiros, cuántos golpes de gong dados por el propio maestro se deben escuchar con la esperanza de alcanzar este conocimiento!

A mí, en cambio, me ha bastado con venir al mundo y respirar.

Al alcanzar la mayoría de edad, en mi interior había un vacío absoluto, la distancia perfecta respecto a cualquier tipo de banal aspiración humana. Del iceberg al felpudo, del felpudo a la inmersión en la fosa de las Marianas: había recorrido diligentemente todo el camino hasta llegar a la entomológica frialdad de la mirada.

Una tras otra, se fueron destruyendo mis relaciones afectivas, ni siquiera el perro sobrevivió a esta saludable purga. Siendo de naturaleza muy apasionada, traté muchas veces de poner en marcha el motor de arranque pero, en un momento dado, desgastado por los fracasos, también él se bloqueó.

Los caminos del misticismo imponen siempre la travesía del desierto como paso obligado, y es justo porque entonces, rodeados por el vacío, abandonadas todas las ilusiones, se puede entrever la vía que puede conducirnos a una dimensión diferente. En la confusión, en la distracción es imposible realizar este paso. Según una antigua tradición los campos se incendiaban después de la cosecha para que la tierra acogiera la nueva vida de las semillas.

Sin embargo, el desierto es un estado intermedio y entre sus cualidades no se encuentra la neutralidad. En el desierto aparecen espejismos, se desencadenan los pensamientos, se manifiestan los demonios.

Los demonios que me han sido más fieles son la violencia y el miedo; van siempre en pareja y son constantemente la causa el uno del otro, miedo y reacción de defensa, deseo de vencer, herir, destruir, pisotear.

Todavía ahora, en momentos de particular silencio, oigo los pasos del asesino resonar bajo la bóveda de mis días. Dejo la ilusión de Rousseau —la del hombre que nace naturalmente bueno— para los espíritus ingenuos, para todos aquellos que no se han visto nunca obligados a mirar a la cara a la verdadera naturaleza del ser humano. El mal tiene una naturaleza volátil, ligera, inodora e invisible, penetra por todas partes sin esfuerzo alguno, invade a las personas sin que se den cuenta. De la ausencia de contemplación interior nace el recurso del chivo expiatorio. El mal no está en mí sino en el otro, por eso hay que perseguirlo y aniquilarlo.

¿Acaso no es ésta la génesis de todas las formas de destrucción humana? En cambio, bastaría con dirigir honestamente la mirada hacia nuestro interior para advertir la inutilidad de arrastrar el chivo hasta el desierto y despeñarlo siguiendo el ritual.

No obstante, el demonio es absolutamente necesario. Sin su presencia se permanece en el limbo pegajoso de los buenos sentimientos, mantos rosados colocados sobre la fiera que nos ruge por dentro. Como demuestra magistralmente el símbolo taoísta del yin y del yang, el negro no puede existir sin el blanco, así como el blanco sin el negro. El uno genera al otro en un movimiento continuo, y cada uno, para existir, necesita albergar el principio del otro.

Ascender sin antes haber descendido no es aconsejable porque no hay verdadero enraizamiento en un crecimiento de esa índole. Es igualmente desaconsejable introducirse en el campo de la escritura si, en las zonas de sombra de la propia vida, no resuenan los pasos del asesino.

Durante aquellos años de bandazos y ausencia de domicilio, volví a frecuentar a mi abuela. Mejor dicho, fue ella quien, tras haber comprendido finalmente la situación, vino a mi encuentro para tratar de establecer una relación. Pero en ese momento yo no quería ni oír hablar de relaciones afectivas, por lo tanto tuvo que empeñarse a fondo para poder abrir una brecha en el infranqueable muro que me rodeaba.

Venía a verme con su Renault blanco a los distintos sitios donde vivía o bien era yo la que en verano iba a su casa, en la meseta. Ambas teníamos un carácter fuerte, así que chocábamos ferozmente; rechazaba sistemáticamente la realidad que ella quería ofrecerme. Mi sistema nervioso se encontraba entonces fisiológicamente destruido, caminaba como sobre una cuerda, no podía permitirme de nuevo poner en juego mi precario equilibrio.

Pero poco a poco, día tras día, con la habilidad de un cincelador, logró crear un resquicio por donde alcanzar mi corazón.

Me he preguntado con frecuencia cómo le fue posible hacer ese milagro; pienso que nadie más lo habría logrado. No creo que se debiera a la sangre o al parentesco, ni al espíritu maternal —es decir, saber cuidar espontáneamente a otra persona—, que, de hecho, nunca había tenido. Me confesó que había traído al mundo a sus hijos por tradición y no por un auténtico deseo.

Pienso que lo que al final nos unió fue la exigencia común de alcanzar la verdad en las relaciones. Había sufrido toda su vida por la superficialidad de las amistades que como primogénita, y más tarde como esposa y madre burguesa, se había visto obligada a mantener. Veía el velo que, como una opaca corteza, impide llegar al núcleo incandescente de las personas, y, sin embargo, no sabía cómo quitarlo. Pero la exigencia de aquel núcleo en ella se traducía en un ardor constante que no logró extinguir hasta el encuentro con su amiga superviviente de Auschwitz.

Como yo, aborrecía el moralismo, y, como yo, detestaba la obligación de quererse por puro convencionalismo. No era el parentesco lo que hacía que una relación fuera necesaria, sino algo más profundo. Caminar hacia la verdad, en la verdad. Y caminar en esa dirección sólo quería decir una cosa: cancelar, día tras día, la mentira, el aburrimiento perpetuo y falsificador de la obviedad de las palabras ya dichas, de los pensamientos ya pensados. Significaba también no tener ningún miedo de entrar en una dimensión más profunda, la del amor que nada pretende, que nada separa, ciego ante cualquier forma de juicio.

A nuestra mente tan pequeña, siempre tan deseosa de distinciones, de separaciones, de cajones ordenados en los que poner las cosas, recintos donde encerrar a las personas, este tipo de amor da un miedo tremendo porque, de alguna manera, se transforma en una *kenosis*, en un vacío.

Pero contrariamente a la nada en la que mi padre me había forjado desde la más tierna edad —una nada desértica, árida, estéril en que la única forma de movimiento era la de algún bulbo de espinas o alguna lata arrastradas por el viento—, la nada que mi abuela me proponía, la anulación que venía de Auschwitz y que, a través de su cuerpo y de sus palabras, había llegado hasta mí, contenía en sí el principio perpetuamente regenerador de la redención.

He dedicado las últimas líneas de *Donde el corazón te lleve* a este principio. «Quédate quieta, en silencio, y escucha tu corazón...»

Si yo no hubiera vuelto a ver a mi abuela, si ella no se hubiera cruzado humildemente en mi camino, no me habría salvado. A lo mejor tampoco ella se habría salvado, alcanzada la plenitud de su vida, si no se hubiese encontrado con esa amiga que había sobrevivido al nazismo, de la misma manera que, con toda seguridad, también aquella amiga suya debió de encontrar en su camino a alguien capaz de revelarle una dimensión diferente de la existencia.

En el mundo de las mónadas nadie se salva.

Es la misteriosa y gratuita dinámica del encuentro lo que nos permite seguir adelante.

26

En el transcurso de aquellos acontecimientos tan catastróficos, jamás, ni siquiera por un instante, me rozó la sospecha de que el arte, de una manera u otra, podía tener algo que ver conmigo.

El fracaso en los estudios, la incapacidad para comprender las cosas más obvias, me situaron ante el muro de mi no inteligencia. Aparte de terminar mis días en el Steinhof, el manicomio de Viena —Basaglia* ya había llegado a Trieste—, ¿qué otra cosa habría podido hacer en la vida?

Pero, mientras, había alcanzado la mayoría de edad y debía tomar alguna decisión. Un trabajo que habría hecho encantada era el de guardabosques: me veía todo el día recorriéndolos a pie o a caballo, felizmente lejos de la sociedad. Pero en aquella época las mujeres quedaban excluidas de ese tipo de oficios. También el mar me atraía

* Franco Basaglia, psiquiatra, neurólogo y ensayista italiano (Venecia, 1924-1980), considerado uno de los padres de la antipsiquiatría, transforma los manicomios en espacios de régimen abierto fomentando el trato directo entre el enfermo y los restantes miembros de la sociedad. *(N. de la t.)*

mucho. Los barcos y las olas estaban en el ADN de mi familia, pero tampoco en ese campo existía posibilidad alguna para una chica.

En el último año de colegio —por fin resolví el problema eligiendo magisterio—, un amigo que conocía desde los tiempos del bachillerato de letras me introdujo en el mundo de la poesía rusa. Leyendo aquellos versos, alguna remota cuerda de mi patrimonio genético eslavo empezó a vibrar.

Entonces pensé en estudiar ruso para así presentar una meta creíble a los demás. Me dije que en un futuro podría traducir, siendo ése un trabajo que se realiza en soledad. Pero no estaba mínimamente convencida de ello. Ante todo, había que estudiar, y yo no me consideraba capaz de hacerlo; además, aunque lo hubiera logrado, debería pasar el resto de mis días sentada en una mesa con un diccionario al lado.

¡No podía imaginar nada más deletéreo para mi salud! Toda mi vida he tenido una extraordinaria inquietud física, mi mente en continua ebullición no me ha permitido considerar la inmovilidad del intelectual como algo positivo. Moverme en espacios abiertos ha dado siempre oxígeno y estabilidad a mis pensamientos.

Encontrar un trabajo normal quedaba fuera de discusión. A esas alturas era bastante consciente de mi estado de inadaptación; por ejemplo, sabía que si debía servir pasteles dos o tres días todo iría bien, pero al cuarto o quinto, al primer cliente un poco grosero le habría estampado su ración en la cara.

Hasta entonces, sólo había tenido experiencias como *baby-sitter*; no me desagradó porque al menos con los niños no era necesario levantar demasiadas defensas, pero no me parecía un trabajo que pudiera ser definitivo. Habría podido presentarme a las oposiciones para maestra, pero allí sucedería lo mismo que con los pasteles y, además, no había ninguna oposición a la vista.

«¿Qué hacer?», como decía el título de un libro muy en boga aquellos años. Porque mientras, llegaron los míticos años setenta y, entre todas las posibilidades, para los jóvenes de mi edad estaba también la revolución. El terrorismo, con su oscuro rastro de inquietud y muerte, invadió los espacios hasta ese momento aparentemente serenos de la sociedad italiana.

Aparte del terrorismo, un gran deseo de innovación llegó como una fuerte ráfaga y alteró todo tipo de relación. Si tenías pareja, y estabas enamorada de él, debías destruir inmediatamente lo que de obvio y banal existía en la relación. Es más, te sentías incluso obligada a avergonzarte del deseo de exclusividad que sentías hacia él. Los mezquinos tiempos de la propiedad privada se habían terminado, ya nada era para siempre; los celos estaban prohibidos, porque no debía existir la posesión individual de los cuerpos que tanta infelicidad había ocasionado a los seres humanos en el transcurso de la Historia.

Éramos todos de todos, todos para todos, al fin libres.

Ante nosotros se abría el maravilloso mundo del País de los Juguetes que durante más de cuarenta años ha ilusionado al rico mundo occidental. A la incertidumbre de mis opciones personales se sumaba la incertidumbre de un período histórico especialmente confuso.

Durante aquellos meses me dominó el demonio de la indecisión. Donde quiera que estuviera, hiciera lo que hiciera, habría querido encontrarme en otro sitio, hacer otra cosa.

Después, un día sucedió el milagro.

En la televisión retransmitían la película de un director que a mi abuela le gustaba mucho. A las ocho y media estaba ya en su sillón ante el gigantesco aparato en blanco y negro, a la espera, mientras yo, como siempre, iba y venía por la casa: la única manera que había encontrado para disipar la energía que fluía dentro de mí.

Pero acabé por sentarme también: la escena que vi mostraba a un joven en un enorme agujero que trataba de fundir una campana. Su esfuerzo era tremendo y nadie a su alrededor parecía creer en el éxito de la empresa. Al final, logró la fundición y sólo entonces se tiró al suelo y rompió a llorar, repitiendo: «¡Nunca lo había hecho antes..., es la primera vez..., nunca lo había hecho!»

Terminada la película me quedé un buen rato sentada contemplando la pantalla.

Cuando me levanté a la mañana siguiente, le dije a mi abuela:

—¡Ahora ya lo sé! ¡Sé lo que quiero hacer!

—¿Y qué es?

—¡Quiero contar historias!

La película era *Andréi Rubliov*, de Andréi Tarkovski.

Unos meses antes se produjo el terremoto de Friuli: un minuto entero de violencia sacudió la tierra donde vivía y, durante aquel interminable minuto, el mundo de mi infancia y de mi adolescencia fue destruido. Hacía un año que mi familia había regresado a Trieste, pero yo me quedé en la ciudad donde habíamos vivido todos juntos ya que nuestras vidas habían divergido.

El 6 de mayo fue un día terriblemente caluroso, el termómetro alcanzó los treinta grados y por la tarde tuve una hemorragia nasal.

Compartía el último piso de un edificio ruinoso con otras estudiantes y tenía de nuevo un perro, *Bella*, sacado de la perrera; también había un gato, y hacía horas que ambos estaban anormalmente inquietos.

En un momento dado sentí que todo se ponía a temblar. Al principio pensé en *Bella*, que a lo mejor se rascaba —el suelo de madera era inseguro—, pero cuando la localicé en la habitación, vi que me miraba con los ojos muy abiertos, quieta.

Un instante más tarde se desencadenó el fin del mundo.

Si no se ha vivido anteriormente una catástrofe, no se comprende lo que se está viviendo cuando ocurre. En esos instantes no se piensa, sólo se reacciona por instinto y el instinto me decía que lo único que podía hacer era huir. Hice lo que nunca debí hacer en una casa tan vieja: bajar por las escaleras. Vi que *Bella* no me seguía, paralizada por el terror. Volví atrás, la cogí por el collar y, con ella en brazos, corrí hacia un espacio abierto.

¡No podía perder otro perro!

En los rellanos me crucé con varias personas mayores en pijama, desorientadas, pero al grito de: «¡Soy joven! ¡Tengo que vivir!», las aparté una tras otra. El instinto de supervivencia no es cortés, no se disculpa ni pide permiso. A los dieciocho años el deseo de vivir es, naturalmente, superior que a los ochenta.

Una vez fuera, me encontré en medio de una muchedumbre desorientada, todos corrían de un sitio para otro sin saber qué hacer. Las calles estaban sumidas en una oscuridad total, se corría sobre cascotes.

«Para ponerme a salvo —pensé—, debo encontrar alguna plaza grande, un lugar donde no haya edificios que se puedan derrumbar.» Por el camino vino a mi encuentro el chico del que estaba enamorada entonces y juntos nos dirigimos hacia la casa de una amiga común que estaba en las afueras, casi en el campo. No había radio ni televisión para conocer las noticias; a mi alrededor oía decir a la gente que había habido un terremoto en el norte de Alemania. Tumbada sobre la tierra, al lado del que, en tiempos menos confusos, habría llamado «mi novio», vi ante mis ojos la imagen de una Europa demolida, las bóvedas de las catedrales desmoronadas y lobos deambulando entre sus ruinas.

Si nosotros estábamos en estas condiciones, ¿cómo estaría el resto del mundo civilizado?

Aquella noche no pudimos dormir. Los temblores se repetían, era increíble sentir el movimiento de la tierra debajo de nuestros cuerpos. Los árboles se balanceaban y se doblaban, sus ramas producían un gran ruido, parecía que querían inclinarse a pesar de que no corría una brizna de viento.

De repente, en la oscuridad más profunda de la noche, sucedió una cosa increíble: de una morera poco distante se propagaron cascadas de notas, gorjeos y trinos. Era la primera vez que oía cantar un ruiseñor: en aquel paisaje de desolación y muerto ofrecía valientemente la real belleza de su canto.

Unas horas más tarde empezaron a aparecer helicópteros en el cielo, y en las calles resonaban las sirenas de las ambulancias.

¡O sea, que Europa seguía existiendo!

A la mañana siguiente nos separamos. Con el perro como único equipaje, en pantalones cortos y camiseta, llegué a la estación y me subí al primer tren para Trieste. Lo que quedaba de los últimos años de mi vida eran sólo ruinas. Ruinas metafóricas y ruinas reales.

No me cabe la menor duda de que si me hubiera quedado allí habría tenido sólo dos caminos ante mí: el camino de la droga y el del alcohol —falsas realidades fácilmente alcanzables por quien vive en un vacío desolador—. Aquella catástrofe me obligó bruscamente a cambiar de dirección.

Los meses que siguieron sufrí de un insomnio casi absoluto, síntoma postraumático de estrés. Maria, la íntima amiga de mi abuela, conocía un viejo médico acupuntor que había vivido mucho tiempo en China. Una tarde sí y otra no, íbamos con el Renault blanco a las alturas de Muggia donde él vivía. Me recibía en un salón con una doble ventana sobre el golfo y me ponía las agujas ante una gran cabeza de piedra de Buda.

Durante toda la sesión permanecíamos en silencio, Buda, él y yo, contemplando el mar.

27

De alguna manera, regresar a Trieste significaba regresar a mis raíces. Había echado mucho de menos el embate del viento y la ausencia del Carso me había producido un vacío que nada pudo colmar.

En su aspereza, en el blanco intenso de la caliza me reconocía más que en las suaves colinas pedregosas que rodean la llanura de la región del Friuli. En el Carso había barrancos, cosas ocultas, esfuerzo, dureza. Allí todo crecía «a pesar de». A pesar del viento, a pesar de la escasez de tierra, a pesar de la falta de agua.

La vida en el Carso era una vida «en contra». Allí no crecen grandes árboles sino sólo matorrales de raíces retorcidas. Una vida que para existir se ve obligada a afirmar su terquedad.

¿Cómo podía no identificarme con aquella condición?

Y además, en aquellos tiempos, el Carso era también una tierra dividida. La frontera con la que una vez se llamó «Yugoslavia» se encontraba a pocos kilómetros de donde vivía y era una frontera muy distinta de la que, por ejemplo, separaba Italia de Francia. Allí terminaba Occidente y empezaba Oriente, cuando por Occidente se entendía el mundo libre y Oriente, en cambio, indicaba todos los países cuya libertad había sido sustraída por los regímenes comunistas.

En aquella época —el Tratado de Osimo no se había firmado aún—, la meseta se dividía en zona A y zona B, y los que vivíamos allí teníamos un salvoconducto, la *propusnica*, que nos permitía ir y venir, sin tener que cruzar los pasos de montaña fronterizos más altos. De niños, íbamos con frecuencia a hacer la compra con la abuela a la zona B, donde todo era más barato, pero también más pobre y más gris.

Si he logrado no dejarme confundir por las sirenas de la ideología, que tantos pensamientos anularon en mis coetáneos, creo que también ha contribuido a ello mi precoz y desencantada relación con los países en los que el comunismo no era un sueño sino una oprimente realidad. El miedo marcó todos los picnics y paseos de nuestra infancia; miedo a las maniobras militares, a las ametralladoras y fusiles que nos apuntaban en cuanto dábamos un paso en falso, a las grandes piedras, a pesar de que sabíamos que no eran piedras sino camuflajes que escondían cañones, a los perros que ladraban sin parar y que no eran de los excursionistas sino de las continuas rondas que iban y venían noche y día en busca de personas que pasaban la frontera ilegalmente. Algunos, como nosotros, eran excursionistas, pero otros eran personas lúcidas y determinadas, en fuga de aquel mundo con el que, en Occidente, muchos nos incitaban a soñar.

Aparte del fenómeno tan angustioso de aquella frontera persecutoria, en la meseta había hoyos profundos cuyo acceso estaba sellado por una losa de piedra con una cruz encima. Íbamos con frecuencia a una en especial para coger los ciclámenes que allí crecían más grandes y perfumados que en otros sitios.

—¿Qué hay aquí debajo? —le pregunté un día a mi abuela, sentada sobre el frío mármol, balanceando las piernas, con el ramillete de flores en la mano.

—Muertos —me respondió—. Aquí debajo hay muchos muertos.

La habitual y monótona respuesta. Aquella vez, mi abuela no se extendió en contarme los sucesos de la Segunda Guerra Mundial, y fue mi hermano el que me hizo de maestro como apasionado devorador que era de la revista *Storia illustrata*.

Me contó que ataban a los prisioneros de dos en dos para ahorrar balas, pero sólo le disparaban a uno, así el otro también caía, condenado a morir tras días de agonía aplastado por otros cuerpos.

Además de aquel detalle, que mi sensibilidad exasperada no necesitaba, mi hermano se ocupó de iniciarme en los misterios del nazismo. Los búnkeres de Berlín eran una de sus obsesiones. «No existe ninguna prueba —repetía para tranquilizarme— que confirme que Hitler muriera allí; no se ha encontrado el cuerpo, ni el cráneo, nada.» En realidad, él fingió envenenarse con cianuro, sostenía. Según mi hermano, hacía tiempo que el dictador nazi, siendo un hombre previsor, había hecho excavar galerías bajo el océano Atlántico y a través de ellas, con sus fieles, había alcanzado América del Sur. Vivía en los Andes sin que nadie lo molestara, y pronto, recorriendo las galerías en sentido inverso con un nuevo ejército y saliendo por las cloacas, reconquistaría Europa. Yo imaginaba entonces a sus fieles no muy distintos a gigantescas ratas, veía sus morros negros y sensibles salir vibrando por la taza del váter: *snuff snuff snuff*, io io, huelo a judío.

¿Cómo no pensar en la tía Letizia y en su relato sobre la Segunda Guerra Mundial? En la casa de la campiña veneciana donde se había escondido con su familia, un día un pelotón alemán llamó ruidosamente a la puerta. Momento de pánico. ¿Qué hacer? Al final, ella, con su porte de reina, fue a abrir la puerta. Mi tía y los soldados se observaron un rato. «¿Qué desean?» *«Haben sie salami?»* Imperceptible y enorme suspiro de alivio: *«Salami? Aber natürlich!»*

Creo que el pelotón se alejó de la casa cargado de ristras de embutidos como una cucaña. Demasiado hambrientos, demasiado cansados para percatarse de los exquisitos rasgos medio orientales de la persona que se las ponía alrededor del cuello. Todavía recuerdo la carcajada de la tía Letizia cuando me contaba esta historia. «¿Salchichón? ¡Pues claro! Y también jamones, salchichas, lomo embuchado, morcillas...»

¡Pero resultaría imposible engañar a las ratas! Durante años, su olfato había sido adiestrado para reconocer la más mínima molécula en circulación de aquel maldito pueblo. Lo mejor sería entonces bajar la tapa del váter cada noche, mejor aún, atrancarla —como lo hacía la protagonista de *Para una voz sola*—, incluso de día, tal vez con un peso encima.

Paseando por el Carso, en aquellos meses, me volvieron a la mente todos los pensamientos y la angustia que la Historia había depositado en mi alma a lo largo de la infancia; angustia por un inminente final; angustia por la ingobernabilidad de los acontecimientos; angustia por el hecho de pertenecer al género humano, entre todas las especies, la más sanguinaria.

Si hubiera crecido entre las suaves colinas de las Marcas, en las Lagunas Pontinas o en Capri, mi manera de sentir la vida sería completamente distinta. En cambio, me encontraba allí, en vilo entre escuálidos arbustos y piedras sedientas de sacrificios humanos. Caminaba horas y horas por el monte y por los amarillentos prados, por la crujiente capa de los pinares negros y acantilados blancos que se hundían en el mar. Salía por la mañana y regresaba al atardecer, no había escarpa, dolina o relieve que no conociera. No me quedaba claro si perseguía algo o si huía de algo. Pero mientras, seguía caminando, conmovida de golpe por la inesperada aparición de una flor. Una genciana, una pulsatila: la memoria de la presencia de lo bello.

Los días ventosos iba hasta un desfiladero por el que la bora se enfilaba con muchas fuerza. De pie, esperaba las ráfagas y cuando llegaban, abría los brazos, abandonándome como un peso muerto a su abrazo. Debería haberme caído, pero, mientras el viento estaba conmigo, permanecía suspendida en el aire.

El viento que silba, que ulula, altera en profundidad el equilibrio de tu cuerpo sin pedir permiso. En la postura es donde más se aprecia. Te doblas, te tambaleas, tratas desesperadamente de aferrarte a algo. Esta pérdida de la verticalidad esconde otros trastornos. La linfa, la sangre, la sustancia que envuelve la caja craneal comienzan a circular de manera intermitente, los pensamientos se confunden, arrancados de golpe de su lógica y los sentimientos, sometidos a ese invisible azote, se alteran de repente, encabritándose como caballos embravecidos.

Para la medicina china, el elemento viento es uno de los más desestabilizadores porque abre los poros y los soplos malignos penetran a través de ellos. La medicina occidental no debe haber llegado a conclusiones muy distintas dado que, en muchos países, un delito cometido en un día de fuerte viento es juzgado con mayor indulgencia.

La casa de mis abuelos maternos se encontraba justo enfrente de lo juzgados: un enorme y oprimente edificio construido durante el fascismo. Recuerdo que, en las noches de fuerte bora, se reunía un grupo de personas ante sus puertas. Iban llegando poco a poco y se quedaban allí gran parte de la noche, imprecando con los puños alzados contra la fachada del oscuro edificio, y yo me dormía mecida por la incomprensible cantinela que se alternaba con las fuertes ráfagas. Una de las estatuas ornamentales tenía en la mano una balanza y la gente allí reunida protestaba contra ella. ¿Existe verdaderamente la justicia en el mundo de los hombres? Basta tener un conocimiento mínimo de la vida para poder dar una respuesta. Esa balanza es una ficción hipócrita. De hecho, la justicia terrenal tiene muy poco que ver con los seres humanos: edificios, papeles, abogados y jueces no son otra cosa que una modesta escenificación para hacer menos evidente esa verdad. Era eso lo que ofendía y hería a aquellas personas.

Así, el viento descubre lo oculto, pone a la vista lo que son sólo convencionalismos, desvía los pensamientos de su habitual trazado, dejando entrever nuevas direcciones hacia las que dirigirse.

Hace años conocí a un estudioso que intentaba analizar el modo en que el efecto desestabilizador del viento podía haber influido en la prosa de James Joyce. Para comprender la influencia del viento sobre la sintaxis bastaría escuchar a los triestinos: hablan todos muy rápidamente, como si en las profundidades de su respiración estuviera encerrada una ráfaga de bora.

En definitiva, el viento trae consigo todo tipo de inestabilidad y es precisamente esa inestabilidad lo que permite asomarse a otros mundos.

Empecé a descubrir la poesía durante la adolescencia gracias a mi amistad con Luisa. No fue el colegio lo que nos acercó —ella estudiaba el preuniversitario—, sino una forma sutil de insatisfacción que nos vuelve fácil y misteriosamente distintos de los demás: nos olfateamos, intuimos que nos parecemos y esa similitud, de repente, une más que cualquier lazo de sangre. Al final, una de las razones más evidentes de la diversidad entre los seres humanos es justamente ésta: la capacidad de inquietarse por lo invisible o no verlo en absoluto. Entre las dos condiciones, resulta obvio que es preferible la segunda, porque es obvio que el mundo está sostenido y dominado por quien padece esta feliz ceguera. Sin embargo, sin la primera, nuestra vida sería extraordinariamente más pobre.

El desafío del arte y de la ciencia nace de esta misma inquietud. Los inquietos se unen sin necesidad de muchas palabras.

Luisa y yo estábamos enamoradas de la poesía.

Leíamos sobre todo poetas franceses porque en el colegio ambas estudiábamos esa lengua y, con el énfasis exagerado de la adolescencia, pasábamos horas discutiendo sobre el significado de sus versos. Villon, Baudelaire y Rimbaud eran nuestros preferidos, pues reconocíamos en ellos un extremismo que coincidía perfectamente con el nuestro de entonces. Soñábamos con irnos a vivir a París de mayores, la capital francesa era nuestra ciudad ideal, como lo es Londres para los jóvenes de ahora, tal vez por Harry Potter. Allí viviríamos en el torbellino de la *bohème*: grandes amores, alcohol, de vez en cuando un poco de opio y una vida siempre y en cualquier caso al margen de la obviedad de lo cotidiano.

¡Qué buenos ratos pasábamos juntas! Para nosotras todo era demasiado insignificante, demasiado mezquino. Luisa vivía en un pequeño y bonito pueblo en las colinas, en una casa mal situada al lado de un paso elevado. Iba a verla con frecuencia y allí fantaseábamos horas y horas sobre la maravillosa vida que brillaría ante nosotras cuando lográramos escapar de aquella oprimente grisura.

De alguna manera, Luisa hizo realidad su sueño ya que se casó con un verdadero poeta y vivieron felices hasta que la muerte —la de él— los separó.

Leíamos poesías, es cierto, pero no recuerdo que las escribiéramos. Aquellos versos me entusiasmaban por su fuerza, por la carga subversiva que emanaba de sus palabras, pero, a decir verdad, la resonancia interior fue más bien escasa. Con la poesía rusa fue algo mejor, pero la verdadera apertura de mi mente y de mi corazón me vino con la poesía alemana.

Sobre todo con Rilke. Caminando por el Carso, un día llegué hasta los blancos acantilados de Duino y abrí al azar las *Elegías de Duino* donde leí:

¿Quién, pues, nos dio la vuelta de tal modo
que hagamos lo que hagamos siempre tenemos la actitud
del que se marcha? Como quien
sobre la última colina que una vez más le muestra

todo el valle se gira y se detiene, se demora,
*así vivimos nosotros, siempre en despedida.**

De repente, de manera visceral y larvaria, comprendí que, en alguna parte, entre las palabras y yo se había escrito un destino.

* Rainer Maria Rilke, «Elegía octava», en *Elegías de Duino*, Hiperión, Madrid, 4.ª ed., 2010. Traducción de Jenaro Talens. *(N. de la t.)*

28

El verano de 1976 se terminaba y mi padre hizo una de las pocas cosas útiles de su vida, aparte de traerme al mundo. Se informó de si en Roma había una escuela para ser director de cine.

La escuela existía y quien se inscribiera podía disfrutar de una beca. El único problema consistía en la oposición de ingreso que, naturalmente, había que aprobar para acceder a ella. Ahora bien, yo sabía que quería contar historias, pero no amaba especialmente el cine. Cuando estaba en Trieste, acompañaba con frecuencia a mi abuela y a su amiga Maria a la Cappella Underground, una sala que proyectaba sobre todo películas de arte y ensayo, y eso fue todo.

Además, dada la baja estima en que tenía mis dotes intelectuales, la idea de someterme a un examen me daba pánico.

Pero a veces el destino nos hace seguir adelante a base de invisibles patadas en la espinilla; la primera selección se realizaba con una prueba escrita enviada por correo, de manera que el trauma y la vergüenza eran limitados. Así que cogí lápiz y papel y escribí una página contando las razones que me llevaban a querer ingresar en la escuela. Una vez hecho, archivé esa preocupación.

¡Qué nervios cuando en septiembre me llegó la convocatoria para el examen oral! Me dirigí entonces a uno de los responsables de la Cappella Underground y pasé una tarde entera con él tratando de adquirir toda la información posible concerniente al mundo del cine.

El día del examen llegué a la hora en punto, a las nueve, a la sede del Centro Experimental de Cinematografía de Roma, pero cuando conocí a los demás aspirantes, me sentí enseguida como un patito feo. Todos eran bastante mayores que yo, casi todos licenciados, muchos ya habían intentado ingresar en años anteriores y, sobre todo, a diferencia de mí, todos eran cinéfilos empedernidos.

Durante la espera, uno, paternalmente, me tocó el hombro diciéndome: «Ánimo, eres joven, tendrás aún muchas oportunidades para intentarlo de nuevo.»

En cuanto se abrieron ante mí las puertas de la sala donde estaba reunido el tribunal examinador —recuerdo una mesa larguísima, llena de personas—, hice lo único que podía hacer: declaré de inmediato en voz alta no saber nada sobre el tema. Además, señalé, ¿qué sentido tenía asistir a una escuela si ya se sabía todo acerca de lo que se debería aprender?

Yo sólo quería aprender a contar historias.

Aún recuerdo las sonrisas de la comisión. Después de la procesión de expertos que había desfilado hasta ese momento, mi ingenuidad debió de ser recibida como un rayo de sol. De hecho, era la más joven, con mucho, de todos los aspirantes: joven según mi documentación, pero aparentaba serlo todavía más en persona.

Tras oír mi declaración, un señor de cabello gris —más tarde supe que era Miklós Jancsó— cogió un libro grande con extrañas fotografías en blanco y negro y lo abrió ante mí y dijo: «¡Inventa una historia!» Vimos muchas fotos e inventé otras tantas historias. Al terminar salí sin que comentaran nada más.

De regreso en Trieste, di por cerrado para siempre el paréntesis romano, me tumbé en el sofá al lado de mi abuela, que solía tener a mano una caja de *lokum*, y volví a la lectura de novelas. Mi abuela, aparte de esos dulces turcos que le gustaban mucho, devoraba un libro tras otro y, durante aquellos meses de espera e inercia, me contagió su pasión.

Pero un día llegó el cartero y me entregó un telegrama que fue como un bombazo.

¡Había ganado la oposición!

De las veinte plazas para mil candidatos, una era para mí; en un par de semanas debería trasladarme a Roma. Pánico. Rechazo total. Daba vueltas por la casa gritando: «¡Me da igual el cine, jamás iré a esa espantosa ciudad!»

En ese momento de mi vida, la idea de pasar el invierno tumbada en un sofá leyendo me parecía la mejor opción; con mi peso, los cojines empezarían a ceder lentamente, los muelles se irían deformando y, poco a poco, ese sofá, que todavía tengo, acogería en su materia el peso de la mía, de la misma manera que la ceniza acogió y petrificó los cuerpos de la infeliz población de Pompeya.

Libro tras libro, también yo, un día, podría apoyarme sobre un codo y decir «Conócete a ti mismo», porque empecé a ver que el camino de los libros me conduciría en aquella dirección.

Justo aquellos días me encontraba sumergida en la lectura de *Oblómov* y me estaba convenciendo de que su manera de afrontar la vida era sin lugar a dudas la mejor.

La abuela me compró un jersey, una camisa y unos pantalones que puse junto a otros en una maleta de mi abuelo, esas maletas grandes y duras de piel que todavía se ven en las películas antiguas, compró el billete, hizo dos bocadillos y me metió en el tren para Roma.

Hasta que el mar no desapareció de mi vista, permanecí de pie, inmóvil ante la ventanilla, como Ruben en *La cabeza en las nubes.* El azul de mi jersey se confundía con el color de la inmensa superficie iluminada por el sol.

Cuando pasamos por delante del castillo de Duino, sentí una punzada en el corazón. Precisamente en ese momento en el que comenzaba a intuir algo, justo entonces que, en aquel lugar, una raíz se estaba formando dentro de mí, debía partir de nuevo hacia un mundo desconocido y potencialmente hostil.

Roma era la Roma de los años setenta, la *dolce vita* se había desvanecido y ocupaban su lugar las manifestaciones, los enfrentamientos y las espectrales sirenas que cruzaban la ciudad noche y día.

Mi padre me esperaba en la tentacular ciudad.

Si bien con seis años de retraso, por fin realicé mi sueño de ir a vivir con él.

Entre tanto, también en su vida se habían producido cambios. Había estado en China con la idea de vivir allí pero, cuando descubrió que para poder tener relaciones con el sexo opuesto tendría que coger un avión y pasar los fines de semana en Honk Kong, regresó a Italia y abandonó el estudio del chino. Tenía ya cuarenta y seis años y su situación era cada año más precaria. Así que un amigo suyo lo ayudó a encontrar un trabajo como corrector de pruebas de imprenta. En aquel momento de su vida tuvo que rendirse al horrible yugo del trabajo cotidiano.

Mi repentina e imprevista llegada —se la anuncié sólo con diez días de antelación— debió de ser para él como un mazazo. Pero con respecto a seis años antes había una ventaja: yo era mayor y no tendría que ocuparse de mí. Es más, en el fondo —y probablemente ni siquiera tan en el fondo— él esperaba que fuera yo la que me ocupara de él. En su limitado universo afectivo, el vacío dejado por su hermana Marisa estaba siempre presente. Él confiaba en que, como Blancanieves, me pondría a barrer cantando, inmersa en un mar de burbujas, y que prepararía rollitos de carne cuyo olor se propagaría hasta la entrada del edificio. Yo, en cambio, esperaba encontrar finalmente un padre.

Nos desilusionamos mutuamente.

Su casa era de nuevo un semisótano para una persona y por lo tanto más bien pequeña; tenía un dormitorio, un baño, una cocina minúscula y una especie de saloncito; todo estaba increíblemente ordenado e increíblemente sucio. Mi tendencia era la opuesta, prefería vivir en el desorden pero en espacios limpios, y esto nos situaba en mundos incompatibles. Me compró una cama plegable y la instaló en el salón.

Su sueño de tener una hija que supiera cocinar y que quisiera mimarle se desvaneció en el transcurso del primer mes; tras años de vida errante, lo único que sabía hacer con una cierta destreza era abrir latas. Así que continuó siendo un asiduo cliente de tabernas, con la única diferencia de que ya no comía croquetas de arroz y albóndigas solo, sino con su hija al lado.

Nos veíamos poco.

Yo salía al alba para ir a Cinecittà y volvía a la hora de la cena, y él, a esa hora, estaba trabajando, al menos eso me decía, y regresaba a casa muy tarde. Como padecía de insomnio se instalaba en el pequeño salón, encendía su minúscula televisión y, fumando sin parar, veía películas toda la noche sentado a los pies de mi cama.

Los domingos, a veces, íbamos juntos a un restaurante de otro barrio, al Flaminio, al Portuense, como para simular una excursión. Antes de nuestras salidas, encontraba siempre algo que decir sobre mi ropa. Según él, además de Blancanieves tenía que ser también una precursora de Jessica Rabbit: medias de malla, tacones de aguja estratosféricos, escotes vertiginosos y paso sigiloso de pantera.

Desgraciadamente para él, siempre he preferido vestirme como un atleta del equipo nacional checoslovaco que compite fuera de su país, y no pocas veces sucedía que el camarero, haciendo estallar de rabia a mi padre, preguntara: «¿Y el joven, qué toma?»

Ya entonces calzaba un 42, y cuando iba a las zapaterías me hacían siempre dos tipos de preguntas: «¿Es para un regalo?» o «¿Es alemana la señorita?». Por si esto no bastara, siempre he tenido manos enormes, brazos larguísimos y hombros muy anchos, herencia genética de mi padre, y además un talle que no se parecía ni de lejos a una cintura de avispa.

Jamás he tenido ni el espíritu y ni el cuerpo de Jessica Rabbit, he preferido una femineidad oculta, más que exhibida. La escasez de pretendientes, para alegría de mi abuela, no ha sido nunca un problema, me ha sucedido más bien lo contrario hasta un determinado momento de mi vida.

«A lo mejor otro par de zapatos, ¿no?», decía mi padre mirándome los pies, perplejo, y yo por toda respuesta levantaba los hombros con indiferencia.

De la misma manera que él tenía las ideas claras sobre cómo debía vestirme y comportarme, yo tenía pocas y confusas sobre cómo debía ser un padre, y ni siquiera tuve ocasión de definirlas porque, no obstante el paso de los años, él continuó siendo prisionero de su solipsismo. No me preguntaba nada, no me veía, no me hablaba de cosas que de algún modo pudieran concernirme. Si durante aquellas comidas hubiera tenido delante un cartel con dos ojos pintados en lugar de su hija, habría sido exactamente lo mismo.

En las pausas, mientras cortaba cordero asado, por ejemplo, trataba de abrirme cuña en sus repetitivos monólogos, le hablaba de la escuela, de mis compañeros, de mis sueños; pero en cuanto cerraba la boca él retomaba implacable su disco en el punto donde lo había interrumpido. Como un tocadiscos averiado, le encantaba repetir sus LP —así los llamábamos mi hermano y yo— sobre los mismos argumentos. Lo que estaba en auge entonces era el *long play* sobre las correrías de Tamerlán y Gengis Khan entre China y las estepas de Asia central. Otro disco que ponía continuamente tenía que ver con el mundo de los ideogramas chinos que, según él, interpretaban la realidad de manera mucho más profunda que nuestras veintiuna letras. Después seguía el de la política italiana cuyo estribillo era: «Una panda de payasos.» Había también algunos discos de 45 revoluciones, entre los que destacaba el del problema de los tigres de la India y el del oso márside en los Abruzos. ¿Cómo era posible que nadie tuviera el valor de decir que había que coger una escopeta y exterminarlos en lugar de gastar dinero para protegerlos?

Con el tiempo he comprendido que nuestras conversaciones no eran muy distintas a caminar por un terreno minado: para no desatar una de sus obsesivas cantinelas, había que estar atento a dónde se ponían los pies. Por lo tanto, antes de abrir la boca debía imaginar todas las posibles conexiones, lógicas e ilógicas, que una frase mía podría activar en su mente, y actuar en consecuencia. Cuando yo intuía que una de mis palabras podía poner en marcha el disco, cambiaba bruscamente de dirección.

Era demasiado joven, demasiado inexperta —demasiado anhelante de tener al menos algo que se pareciera a un padre— para percatarme de que él estaba completamente alcoholizado y que, como todas las personas prisioneras de una dependencia, era absolutamente incapaz de ver quién estaba a su lado. Los hijos tienen una necesidad absoluta de admirar a sus padres, de sentirse orgullosos de ellos; están dispuestos a aferrarse a cualquier cosa con tal de imaginar en ellos algo digno y grande y, cuando no es así, una sombra de humillación y degradación se extiende sobre sus vidas, como escribí en una de las páginas que más me gustan de *Escucha mi voz*.

No recuerdo cuánto duró nuestra convivencia; sólo sé que en un momento dado encontré otro alojamiento —una habitación alquilada en un apartamento ruinoso, donde vivían unos estudiantes extranjeros— y me trasladé allí con mis escasas pertenencias.

Desafortunadamente, los estudios en el Centro Experimental eran confusos y estaban contaminados de manera asfixiante por la ideología. En realidad, el curso de dirección ya no existía porque se consideraba al director como la fruta podrida de una sociedad burguesa e individualista. Con gran sorpresa descubrí que la escuela a la que asistía concedería, al finalizar los tres años, el democrático y proletario título de «Experto en comunicaciones audiovisuales». ¡De haberlo sabido antes, habría ido directamente a la Scuola Radio Elettra!*

Así, una vez ganado el diploma, preferí no retirar ese trozo de papel; habría sido ridículo colgar en casa un título semejante, cuando ni siquiera sabía poner un enchufe en un aparato de vídeo. En aquellos años dejaron de existir los cursos individuales —de montaje, fotografía, escenografía, interpretación— porque, en un mundo realmente democrático, todos tenían que saber hacer de todo y nadie debía destacar sobre los demás.

Como es natural, las historias que quería contar no interesaban a nadie. Los argumentos más en boga eran: la situación de los obreros, el movimiento de la lucha democrática de las prostitutas y las dictaduras de América del Sur. Entonces, al no ser experta en ninguno de estos asuntos, en el momento de escoger el tema de examen del segundo año, entré a formar parte de un grupo de estudiantes, la mayoría extranjeros, que estaba organizando un laboratorio de cine de animación.

La cabeza pensante del grupo era un chico, mejor di-

* Escuela de radio por correspondencia creada por Vittorio Veglia en 1951. *(N. de la t.)*

cho un hombre joven, ya que tenía algo más de treinta años, procedente de Argentina. En poco tiempo nos hicimos muy amigos. Su compañera era italiana y escribía poesías. Yo iba a menudo a su casa y me quedaba hasta tarde escuchando sus versos. Enrique —que más tarde regresó a Argentina y no fue director de cine sino escritor— me abrió las puertas del gran y maravilloso universo de la literatura latinoamericana.

Las cuatro horas que pasaba cada día en autobuses para ir y volver de Cinecittà las dedicaba a leer novelas. Sentada o de pie, agarrada a inseguros asideros, sacudida por los imprevistos frenazos, aplastada entre corpulentas amas de casa y las manos de los sobones impotentes, vivía impertérrita, sin distraerme en ningún momento, las aventuras de mis héroes.

Los fines de semana, con Enrique y otros compañeros sin blanca, no nos cansábamos de recorrer todos los cineclubs de la capital. Para el cine de calidad, aquéllos fueron años verdaderamente extraordinarios: Wim Wenders, Fassbinder, Tarkovski, Truffaut; las tardes se llenaban de emociones, intuiciones, nuevas aperturas mentales. Aquella riqueza nos ponía en un estado de feliz exaltación y nos hacía olvidar durante unas horas el clima de terror en el que estaba sumido el país.

El día que murió Giorgiana Masi, en el puente Garibaldi, me encontraba muy cerca del lugar del delito; no estaba en la manifestación sino simplemente regresando a casa después de ir al médico. Recuerdo las cargas policiales, las bombas lacrimógenas, los disparos, el refugio en un bar un instante antes de que lo cerraran.

Me enteré del secuestro de Aldo Moro en cuanto llegué al Centro Experimental. Las clases se habían suspendido y me senté en los escalones de la entrada con la cabeza entre las manos. Estaba convencida de que, al cabo de pocas horas, habría un golpe de Estado y que todos nosotros tendríamos que huir y ponernos a salvo en algún lugar.

Me arrepentí de haber salido de casa con zuecos, no lo hacía nunca; el día del terremoto llevaba las chanclas. Así que, allí sentada, pensé que el título de la película de mi vida podría ser *Una huida en zapatillas.*

En aquel período cambié varias veces de alojamiento, intercalando breves estancias en el semisótano de mi padre. Donde más tiempo estuve fue en una especie de comuna demencial. Vivíamos amontonados, en una promiscuidad poéticamente revolucionaria, bajo el tejado en declive de un edificio del centro histórico. El techo no estaba en buenas condiciones y cuando llovía mucho íbamos corriendo a poner palanganas por todas partes, extendíamos plásticos en las camas, encima de las mantas; el agua goteaba, *ploc, ploc,* rebotando sobre la superficie lisa mientras tratabas de dormir.

Había un retrete diminuto al lado de las escaleras, y una cocina igualmente diminuta. Entre el fogón y el fregadero estaba encajada una bañera de ésas con asiento, que ahora solamente se pueden encontrar en los anticuarios, creo. Uno cocinaba mientras otro se bañaba sin pudor alguno.

Al final logré traer a Roma a mi amada perrita *Bella,* que tuvo que compartir casa con otro perro, una especie de grifón negro con el que, por suerte, se llevó bien desde el primer momento. Pienso que, hoy, nos definirían como punkis, pero entonces sólo éramos habitantes excéntricos de nuestro tiempo.

En aquella casa, acostada bajo la sábana de plástico leí por primera vez *Crimen y castigo*. Terminada su lectura tuve una fiebre altísima sin ningún otro síntoma. La única enfermedad que padecía eran las palabras que acababa de leer.

El mayor de todos nosotros tenía cuarenta años y a mí me parecía más viejo que Matusalén. Había sido militante del movimiento político Potere Operaio,* creo que estuvo implicado también en alguna acción grave, pero pertenecía a una antigua familia noble. Aún recuerdo su incomodidad cuando, un día en la calle, una anciana señora de aspecto humilde lo abrazó con devoción llamándolo «marqués». A pesar de su militancia, era un hombre refinado y decadente. Le gustaba mucho la ópera y había enseñado a cantar a su perro siguiendo las arias de Maria Callas. Buen conocedor de la literatura, hizo del verso de Baudelaire *il faut être toujours ivre*, el lema de su vida. Era capaz de beberse una loción para después del afeitado recién levantado, como si fuera café. Su compañera era una actriz, y yo compartía mi parte de buhardilla con Maria, una aspirante a bailarina de Gallarate.

El lema del dueño de la casa se convirtió en el de todos nosotros.

Estábamos siempre y completamente alterados por algo. Por eso el día del secuestro de Moro había ido a Cinecittà con los zuecos.

El recuerdo de aquellos años es muy confuso, pero no triste. Vivíamos en una total y alegre anarquía, sin ningu-

* Poder Obrero. *(N. de la t.)*

na relación con la realidad. Recitábamos poesías, creábamos interpretaciones, nos disfrazábamos, paseábamos por la noche con nuestros perros por las calles desérticas entonando fragmentos de ópera.

Cuando recuerdo aquella época de confusa alteración, la veo como las primeras, y únicas, vacaciones de mí misma que me he concedido en la vida. Había hecho borrón y cuenta nueva, cancelé mi doloroso pasado; dejé de hacerme preguntas sobre el futuro. Roma, con su molicie tentacular, con la infamia de su descuidada belleza, con su vive y deja vivir era el antídoto a la demencial dureza de mi infancia. Los tornillos, las jaulas, las corazas se aflojaban. Ignoraba el porqué, tampoco sabía valorar aquel cambio. Dejé simplemente de interrogarme. Vivía, nada más, y eso bastaba para tomar aliento.

Si Kafka hubiera pasado unos años en Nápoles, a lo mejor habría vivido más tiempo y más feliz.

En estos tiempos de globalización, resulta ridículo pensar en la influencia de los lugares sobre las personas, sobre los artistas y su obra, y sin embargo es así: lo que está fuera determina en gran manera lo que está dentro.

Un día, en medio de aquella algarabía, apareció un conocido experto en esoterismo. Venía con frecuencia a comer con nosotros porque tenía una librería especializada no muy lejos. Le encantaba hablar de alquimia y de la cábala, y sus conversaciones me iniciaron en los misterios de Praga.

Una tarde de cierta tranquilidad me dijo que me acercara —hablaba siempre en voz baja— y me pidió la fecha de nacimiento. Regresó al día siguiente:

—Tengo que hablar contigo...

Ligeramente inquieta, me senté a su lado. Mientras me mostraba el dibujo de mi carta astral, me preguntó:

—¿Te dice algo?

Sacudí la cabeza, no me decía nada.

Siguió hablando, un poco usando términos técnicos incomprensibles para mí —fuego, tierra, agua, cúspides, casas, medio cielo, oposiciones, triangulaciones— y después rozó con el dedo una parte del dibujo y comentó:

—¿Ves? Es precisamente aquí donde sucede...

—¿Qué sucede? —pregunté, perpleja.

—Entre los treinta y cinco y los cuarenta años se producirá un tu vida un cambio brusco y poderoso.

—¿Moriré...?

—No, te convertirás en una artista famosa.

Su previsión me produjo una gran inquietud. Si bien era cierto que iba a la escuela para expertos en comunicaciones audiovisuales, ese camino no parecía en modo alguno relacionarse con la dimensión tan elevada en la que yo tenía el arte. En mi mente todavía ingenua, el artista por excelencia era el músico; así, lo primero que dije con un todo desolado, fue:

—¡Pero si no sé tocar ni un solo instrumento! —Y después, pensando en mi compañera de habitación, añadí—: Y tampoco sé bailar....

Mi interlocutor se quedó inmóvil como una esfinge.

—Al menos dime algo más —lo apremié, perpleja por el vaticinio—. Dame una pista, una dirección que tomar...

La esfinge entornó los ojos. Yo entreveía sus pupilas centellear como alfileres.

—No puedo —me respondió—. Es tu camino. Cuando llegue el momento, lo comprenderás.

29

El dardo ya había sido lanzado y el veneno había penetrado en mi cuerpo. Según las estrellas, un gran destino se abría ante mí. Yo no comprendía nada de las estrellas y mi muy baja autoestima, además de las desgracias vividas, no me permitía imaginar nada grande. No obstante, aquellas escasas palabras me causaron una gran inquietud.

La idea de que me había tomado el pelo no se me ocurrió ni siquiera un instante, no era un bromista; ¿por qué lo habría hecho entonces? Lo más probable es que no diera en el clavo.

Sí, puede que se tratara de un clavo; por eso, con su afilada punta, la idea continuó atormentándome durante días, durante meses.

Hemos perdido la costumbre de sorprendernos ante la metamorfosis de una mariposa. Cegados por la singularidad de la electrónica, esa increíble transformación nos parece sólo el bagaje pobre de una vieja maestra que se ha quedado sin argumentos. De la larva nace la mariposa y la mariposa es infinitamente más bella que la larva. Es una lástima que no nos detengamos a reflexionar sobre el tiempo infinito y la complejidad que esta transformación comporta en cada una de sus fases: materia que se forma, se deshace, se transforma; unas partes se licuan y otras se solidifican. Lo que sale al final, no es muy diferente del resultado de un juego de manos: el pañuelo entra en el cilindro del mago y sale un conejito. *Voilà!*

Mientras recorro a través de estas páginas todos los caminos que me han conducido a descubrir la escritura, observo que el proceso no ha diferido mucho del que acompaña las transformaciones de los lepidópteros: cambios de piel, construcción de capullos de seda, vísceras que se licuan en la penumbra de la crisálida y nuevas partes que empiezan a formarse, antenas que despuntan, enormes alas recogidas y mojadas, todavía incapaces de abrirse y levantar el vuelo.

Sin darme cuenta, en el transcurso de mi complicada vida había pasado por todas estas fases. Inesperadamente, la profecía astrológica había rasgado la crisálida, y con ella el velo que hasta entonces estuvo ante mis ojos.

El cuerpo estaba formado, pero las alas aún pesaban por la humedad del capullo. Prisionera de la momentánea inmovilidad, tenía a mi favor el poder de las antenas.

Ellas eran el gran don de mi vida; me permitían ver lo que no se veía, sentir lo que era imposible percibir.

Brusco final de las vacaciones, reintegro a las filas del sufrimiento. De repente supe que tenía que ponerme a buscar, no sabía qué ni dónde. Sólo sabía que debía moverme.

La furia se convirtió en el motor de mis días. En cualquier sitio, hiciera lo que hiciera, me sentía desplazada.

Debía existir otro lugar en alguna parte y estaba convencida de que ese otro lugar sería mi tierra, pero no vislumbraba ninguna indicación, ninguna señal de la dirección a tomar.

Era como un zorro con la cola en llamas, corría veloz para librarme del incendio; me revolcaba en la arena, me zambullía en los ríos, pero el incendio seguía persiguiéndome. Su fulgor me mantenía despierta incluso de noche. No había forma de dormir, de descansar. Mis noches volvieron a poblarse de esqueletos, fantasmas y galeras.

En la oscuridad de mis veinte años, sin embargo, ya no eran ellos los que aparecían —en el fondo habría sido como volver a ver a viejos y queridos amigos—, sino la imagen mucho más sobria y espantosa de la nada que, en un silencio quieto, devoraba las existencias. Sentía su fuerza opaca oculta en cada instante, veía la vida a mi alrededor como una comedia mal interpretada; al final nadie aplaudiría y por consiguiente no se comprendía la razón de tanto movimiento.

La muerte era la maestra en todo momento y pensaba —y sigo pensando— que ésta, para nosotros los humanos, es la única certeza.

Sin embargo...

Sin embargo, empezaba a advertir que la realidad, en un momento dado, podía levantar el velo —la luz solar de una mimosa puede estallar en la pared de un arrabal— y mostrar a nuestros incrédulos ojos un nuevo nivel. El nivel de la sorpresa, que corta la respiración.

Y hay más, entre sus pliegues, la cotidianidad esconde tesoros; el artista es el minero, el que los busca. Él es quien debe bajar a las profundidades de la tierra y perderse en las galerías, bregar, desesperarse para después exclamar «¡Ah!» ante el descubrimiento. Y él, el artista, es quien debe salir de la mina con la gema en la mano, ofreciendo la visión de su esplendor a los que se han quedado en la superficie.

Acompañada por mi fuego, aquel verano regresé al Carso y en una feria conocí a Marko. Tenía un año menos que yo y estudiaba dirección de cine en la escuela de Zagreb. El mismo mundo, las mismas pasiones, las mismas ansias.

Nos reconocimos inmediatamente y nos convertimos en inseparables compañeros de camino. Muchas de las cosas que cuento en *Anima mundi* están inspiradas en nuestra amistad. Pasábamos horas en un bar, observando los camiones de ganado que, con su carga doliente, se dirigían al matadero. Permanecíamos allí inhalando los gases tóxicos de la larga caravana de camiones TIR procedentes de Europa del Este que cada día atravesaba la arteria principal del pueblo. Íbamos a todos los mercados de productos artesanales. Todas las cimas del Carso, el Orsario, el San Leonardo, eran nuestras.

Llenos de ardor, caminábamos sin parar y el misterio del arte era el centro de todas nuestras conversaciones. Cruzábamos la frontera para ir en peregrinación a la casa de Kosovel; en la modesta vivienda en la que seguía presente la sombra de la muerte, recitábamos nuestra poesía preferida:

Yo soy el arco roto
de un círculo.
Y soy la figura partida
de una estatua.
Y la opinión tácita

de alguien.
Yo soy la fuerza
*Quebrada por la agudeza.**

En realidad teníamos una gran fractura por dentro y todo aquel movimiento no era otra cosa que un intento de repararla.

Éramos cazadores de epifanías.

Sabíamos que el velo podía levantarse, deseábamos que se levantara y en nuestras largas noches insomnes esperábamos que sucediera.

Pero si los infinitos muertos suscitasen un símbolo en [nosotros,
mira, tal vez nos mostrarían los amentos que cuelgan
del desnudo avellano o pensarían en la lluvia
que cae sobre la tierra oscura en primavera.

Y nosotros, que pensamos en una felicidad
ascendente, experimentaríamos la emoción
que casi nos confunde
*cuando algo feliz se desmorona.***

Nuestro mundo abarcaba desde los torreones de la frontera hasta los acantilados de Duino. La desesperada furia de Roma, allí se transformaba en otra cosa. Perseguidos por el viento, lanzados contra el viento, abandonados al viento. Viento, nuestra cura, nuestra placenta,

* Srečko Kosovel, «Ritmos agudos», en *Integrales*, Bassarai Ediciones, Vitoria, 2005. Traducción de Santiago Martín. *(N. de la t.)*

** Op. cit., R. M. Rilke, «Elegía décima», pág. 113. *(N. de la t.)*

nuestro sustento, nuestra visión. Viento, debilidad perversa de nuestro sistema nervioso.

De las cuevas de los Urales, la bora nos traía palabras escondidas entre sus ráfagas; las tiraba sobre una mesa de cualquier manera, como bisutería barata. Unas en italiano, otras en esloveno, unas para mí y otras para él. Nos poníamos a hurgar entre ellas, aquellos fragmentos eran piezas perdidas de un rompecabezas. Movíamos las manos con tesón y ansiedad. Sabíamos que allí se escondía la palabra capaz de ser a la vez apertura y fundamento, la sólida clave del arco.

Marko también es escritor. Cuando nos encontramos en el bar es como si no hubiera pasado ni un día desde aquellos tiempos de nuestra juventud. Hablamos de poesía y de arte, como si fueran cosas reales y no proyectos de marketing.

Aunque soy de carácter alegre y optimista y amante de los placeres de la vida, no puedo negar que la característica principal de mis días ha sido el sufrimiento. Sufrimiento humano en primer lugar, y después, creativo.

¡Cómo envidio a esas personas que te dicen: «Quisiera escribir una novela», y luego, ante una taza de café, te sueltan toda la trama!

He vivido siempre en la total incertidumbre de mi creatividad. El hecho de haber publicado veinte libros no cambia en nada esta condición, que está hecha de inseguridad, inquietud y perplejidad constante sobre el justo camino a seguir.

Antes de escribir y de comprender que el sentido de la profecía astral era precisamente éste, pasé un período de intenso dolor. Sentía una energía espantosa que se acumulaba a mis espaldas, pero no sabía darle un nombre, un rostro. En la soledad de la noche, muchas veces volvía el temor de que no se tratara de arte, sino de locura. Crujidos, chirridos, pequeños movimientos: señales de que el dique, con la presión de lo embalsado, empezaba a ceder.

Al final, una mañana de mayo, mientras cruzaba a pie el puente Sixto, el dique cedió. Es difícil explicar lo que pasó. Sólo puedo decir esto: de golpe las palabras comenzaron a fluir en mi cabeza.

Corrí a un estanco de la via dei Baullari, compré un cuaderno de tapas de color naranja y un bolígrafo, y, sentada en unas escaleras cerca de allí, me puse a escribir. Una de mis primeras frases fue: «Soy una antena con los hilos al descubierto.»

Han pasado treinta años y no he parado de escribir.

30

Hace treinta años que llevo un diario, porque el diario es el preludio, la mina, la excavación necesaria para afrontar cualquier otra forma de escritura.

No sé precisar el tiempo que pasó entre aquel momento del puente Sixto y la redacción de la primera novela. Recuerdo que, entre tanto, escribí poesías, pero al hacerlo me daba cuenta de que se trataba sólo de una estación de paso. Mi destino era otro.

Sé que era el mes de mayo y que tenía veintitrés años.

Pasé una semana en Viena con mi enamorado de entonces, y la última noche fuimos a ver *La flauta mágica*. Mientras la Reina de la Noche cantaba, algo sucedió en mi cabeza. A la mañana siguiente, después de acompañarlo al aeropuerto —era de un país de Oriente Próximo—, me encontré sola y sin ningunas ganas de regresar a casa.

Entonces vi autobuses que iban y venían delante de mí y uno de ellos se dirigía a Illmitz. El nombre me gustó —Illmitz, «límite»— y me subí.

El pueblo, rodeado de lagos cenagosos, se encontraba en el límite de la llanura húngara, en sus tejados anidaban cigüeñas. Me instalé en una pensión, abrí el cuaderno que llevaba conmigo y empecé a escribir. Escribí ininterrumpidamente durante veinte días, y cuando llegué a la última página, comprendí que tenía una novela entre las manos.

Cuando regresé a Trieste se lo conté a mi abuela: «He escrito una novela», dije, igual que si hubiera dicho: «La he liado.»

Hasta entonces, había hecho lo imposible para resistir, tratando de desviar mi atención de aquel proyecto, pero al final, esa fuerza extraordinaria logró vencer mis resistencias.

La abuela la leyó. «A lo mejor soy parcial, pero me parece preciosa», comentó. Después le tocó a su amiga Maria, que la devolvió diciendo: «¡Maravillosa!»

Entonces llegó el momento de pasarla a la tía Letizia, miembro del cariñoso y senil triunvirato afectivo que seguía mis pasos.

¡La tía Letizia!

Gracias a ella durante aquellos años mantuve insistentemente alejado el demonio que llamaba a mi puerta. Me sentía incómoda ante la misma idea de escribir, tenía la sensación de montar un caballo ya domado por otros fingiendo que era salvaje. El padre de mi tía Letizia también había escrito libros en su tiempo libre. Pero ningún editor los encontró merecedores de ser publicados y así, al final, se tuvo que rendir y los imprimió corriendo con los gastos él mismo. Para no confundir los dos planos de su vida, escogió un seudónimo.

Italo Svevo en vez de Ettore Schmitz.

Por eso sentía pudor por escribir; me parecía ridículo, si no imposible, que en la misma familia hubiera dos escritores. Además, en un país enfermo de clientelismo familiar, me parecía una cosa de pésimo gusto, como el que quiere saltar sobre el carro vencedor y aprovechar las luces de los reflectores encendidos para otros.

La tía Letizia leyó el libro y me lo devolvió diciendo: «¡Tienes mucho talento!»

Más tarde, en Roma, se lo di a leer a mi amiga Irene, fiel e incansable compañera de aquellos años de tormento. Puedo decir que, gracias a su cariñosa y cordial presencia, he logrado dar el gran salto: sin alguien que te agarre la mano con firmeza, como si fueras un niño, es imposible caminar por el borde del precipicio. A ella también le gustó mucho.

Mi abuela me dijo entonces que si de verdad era escritora debía frecuentar a escritores y así me presentó al único que conocía. Giorgio Voghera.

Voghera pasaba la mayor parte de las mañanas en el Caffè San Marco rodeado de una alegre compañía. Entre los fieles, su prima Alma Morpurgo y Piero Kern. El café era muy distinto a como es ahora después de su restauración; todo estaba cubierto de polvo, viejo, con las bandejas de acero inoxidable y las camisas manchadas de sudor, los camareros iban y venían arrastrando los pies por el local.

Los clientes tenían su sitio y el de Voghera estaba en la esquina del fondo a la derecha, un rincón que ahora no existe. Se rumoreaba que Giorgio Voghera era el autor de *Il segreto*, un volumen publicado por Einaudi en los años sesenta firmado por un misterioso «Anonimo Triestino». Él lo negaba siempre y sostenía que en realidad era una obra de su padre, matemático, que había fisgoneado sus diarios de juventud. Pero fuera quien fuera el autor, yo había leído el libro y me había gustado muchísimo; no podía no reconocerme en ese niño siempre inseguro, siempre absorto en sus pensamientos.

Yo compartía mi pasión por las ciencias naturales con Voghera. Durante los años transcurridos en un kibutz, había estudiado el comportamiento de las gallinas y hablábamos largamente de ello. La etología de los animales y la de los humanos eran con frecuencia el tema de nuestras conversaciones. Nunca estábamos solos, nos rodeaba un círculo de personas que iba cambiando a lo largo de la mañana. Así, estaba el momento en que se resolvían los acertijos o la charada que *Il Piccolo* proponía ese día y el momento en que se comentaban las necrológicas, el instante suspendido del *witz* o se discutía sobre el último libro de Singer y la teoría de los perros de Konrad Lorenz. La prima Alma solía declamar sus últimos versos y el desequilibrado de turno se entrometía en la tertulia haciendo preguntas a las que era imposible responder. Voghera, con la barba siempre mal afeitada y camisetas llenas de manchas, escuchaba a todo el mundo moviendo levemente la cabeza y le respondía a cada uno como si fuera un oráculo.

Yo era la única persona joven del grupo pero no me sentía incómoda porque, desde niña, mi felicidad había consistido en vivir al lado de personas mayores.

Aquel rincón del Caffè San Marco era el último retazo de una cultura europea que agonizaba. No había ordenadores en las casas y en las vidas se contemplaba todavía la presencia de la sombra. El mundo de la vulgaridad, del consumismo, del fin que justifica los medios, del protagonismo narcisista imperante, de las luces siempre encendidas y nunca capaces de iluminar de verdad, de la manipulación planetaria de las mentes, de la información transformada en saber, estaba aún por llegar. Un día, mi abuela empezó a decir: «¿Sabes?, me siento feliz de morir porque el mundo que veo venir no me gusta en absoluto.»

Cuando cayó enferma dejé de ir por las mañanas al Caffè San Marco, porque durante mis breves estancias en Trieste dedicaba toda mi energía a cuidar de mi abuela. Lo sentí mucho, ya que Giorgio Voghera, con sus libros y su persona, ha sido uno de los compañeros importantes de mi aventura.

Él también leyó mi libro y le gustó mucho. Tomó la iniciativa de enviarlo a la editorial Adelphi porque había sido amigo de Bobi Bazlen y lo era todavía de Luciano Foà.

Fue Foà en persona quien me recibió en Milán. «El libro es interesante —me dijo, amablemente—. Pero nosotros, desgraciadamente, publicamos sólo autores muertos.»

No pude hablar con Voghera antes de su muerte, pero pienso que si está en alguna parte, en algún otro café, en otra dimensión, moviendo eternamente la cabeza, les está diciendo a sus compañeros: «Os lo había dicho, esa chica estaba llena de talento...»

Mientras, mi tía Leticia también se había preocupado de enviar el libro acompañado de una carta a todos los editores que conocía. «Me parece que mi nieta tiene un cierto talento para la escritura», les decía. Pero todos lo rechazaron, tomando aquellas líneas como el resultado de una blanda condescendencia senil. Según ellos, yo debería pagar para publicar mis libros, como lo había hecho su padre.

Todavía no existía internet, ni tampoco los contactos *on line*, ni las agencias literarias, surgidas por todas partes como champiñones en los años ochenta y noventa, ni todo el *glamour* que hoy rodea el mundo de las letras. Buscar un editor significaba simplemente ir a Correos, mandar los paquetes y regresar unos meses más tarde para retirarlos.

La empleada de la oficina de Correos que había debajo de casa, una señora hermosa y jovial, al cabo de un tiempo siguió con pasión mi suerte. «¿Alguna novedad?», me preguntaba con afecto maternal en cuanto asomaba por la puerta. Yo sacudía siempre la cabeza. «No, ninguna.» Entonces en su rostro aparecía un afligido desánimo.

Me pregunto si ha llegado a saber que la remitente de aquellos paquetes que, durante ocho años, pasaron por sus manos, al final se ha convertido en una autora leída por millones de personas.

El tío Ettore y yo éramos del mismo signo del zodíaco: sagitario; compartíamos al mismo ámbito familiar: la cerrada y genial familia Veneziani; la ciudad que nos había visto crecer: Trieste; los insistentes rechazos de los editores; el afecto de dos personas: la tía Letizia y la abuela Elsa, que, además de haber crecido en la misma casa, lo había acompañado durante un tiempo en su exilio londinense; el hecho de ser totalmente extraños a la cultura italiana; el panteón familiar y el patrimonio genético de dos antepasados: Abramo Moravia y Sara Levi.

Su obra y la mía tienen puntos en común. El perro *Argo* de su relato es el mismo perro *Argo* de *Donde el corazón te lleve*, así como la madre de la protagonista de la misma novela se inspira en Augusta, la más joven de la familia Malfenti de su libro *La conciencia de Zeno.*

Nuestra relación con el psicoanálisis y la manera de afrontarlo se entrelaza y se desarrolla de la misma forma. En un momento dado, a la madre de la protagonista de *Donde el corazón te lleve* le explican que si alguien sueña con espaguetis, significa que teme la muerte, porque los espaguetis representan los gusanos que, una vez fallecida, devorarán su cuerpo. Entonces ella, sin dejar de comer, rebate serenamente: «¿Y si sueño con macarrones?»

Éste era el tipo de relación que se tenía en mi familia con el psicoanálisis, considerado más que nada como un juego singular, una fuente infinita de *witz* y de *boutades*, un maravilloso pasatiempo literario pero nunca, por ningún motivo, una práctica válida. «No es bueno para el hombre mostrar cómo es por dentro», repetía con frecuencia mi tío.

Bruno, el hermano de mi bisabuela Dora, fue paciente de Freud durante mucho tiempo. Como era homosexual y en Trieste corría la voz de que en Viena había un médico capaz de curar lo que entonces se consideraba una enfermedad, decidió marcharse a esa ciudad austríaca.

«Te apoyé de buen grado en tu primer tratamiento con el doctor Freud —le escribió un buen día el padre Gioacchino—, ya que parecía beneficiarte, pero no fue así, porque iniciaste otro con el doctor Groddeck, y más adelante otro más con el actual, ¿con qué resultado? ¿En qué te benefician estos tratamientos que no son claros y no te aportan ninguna mejoría? ¡Son tan largos que ni siquiera se ve el final! Te ha costado una fortuna y si sigues así te costará otra...»

Éste era el ámbito en el que nació la relación de Svevo, y como consecuencia también la mía, con la agobiante presencia del psicoanálisis en el siglo XX. «Si verdaderamente lo necesitamos —le dijo un día James Joyce al tío Ettore— conservemos la confesión.»

Mi familia materna atravesó como un meteorito la época comprendida entre la mitad del siglo XIX y la mitad del siglo XX, y su aparición en escena se dio en pleno corazón de la cultura de un mundo heterogéneo, complejo y profundo como era el del Imperio austrohúngaro.

Gracias a una afortunada fórmula secreta descubierta por un tatarabuelo se calafatearon los cascos de los barcos en todo el mundo, y, con la bulimia de los nuevos ricos, se saciaron del arte y del pensamiento de su tiempo. Músicos, filósofos, escritores y poetas frecuentaron durante años los salones de villa Veneziani. Ahora se publican libros y se hacen seminarios sobre esas personas, pero entonces sólo eran amigos y conocidos que venían a tomar el té.

Entre los barcos calafateados por mi familia se encontraba el *Titanic*, y mi bisabuela y su marido fueron invitados al viaje inaugural, pero, como descubrió que estaba embarazada y además tenía náuseas, renunció a partir.

Tal vez por eso, debido a que mis abuelos escaparon del peligro, he venido al mundo con grandes orejas muy abiertas, dispuestas a captar las primeras señales del naufragio.

31

La velocidad a la que ha cambiado la sociedad queda reflejada inevitablemente también en el mundo literario, y ser escritor se ha convertido en un oficio como cualquier otro; un oficio en que la astucia, la habilidad y la capacidad para saber venderse a los medios de comunicación suplen frecuentemente la existencia de un verdadero talento.

Si pienso que cuando estoy de vacaciones en la playa siento una profunda gratitud hacia el autor de un libro interesante y bien construido, y que, por lo tanto, no estoy sujeta a ningún moralismo o intelectualismo del estilo «un libro es bonito y tiene valor cuando cuenta con pocos lectores» —monumental mentira porque todos los grandes clásicos son bestsellers y se venden siempre—, no puedo no preguntarme si una novela es de verdad sólo eso: un mero pasatiempo.

Recuerdo mi absoluto estupor, hace unos años, ante las afirmaciones del alto directivo de una gran editorial, que respondió a alguna de mis simples preguntas exclamando: «Dime cuánto quieres. Te pago la cantidad que me pidas, pero has de saber que para mí, tú u otro sois lo mismo. Puedo encontrar otros mil como tú.»

Yo, que en un editor he buscado siempre la relación humana y profesional y nunca un cheque, me quedé sin palabras. Nunca me había percatado de que existiera un vínculo tan estrecho entre mi trabajo y la actividad más antigua del mundo. ¿Cuánto quieres? Te compro, te vendo. Y si no vendes, me deshago de ti, encontraré pronto a otra, a otro capaz de sustituirte. Basta parar el coche y bajar la ventanilla.

En cuanto surge un bestseller, se desata la caza del posible émulo. Recuerdo, después de *Donde el corazón te lleve,* la continua publicación de libros que incluían la palabra «corazón» en el título y que también tenían a abuelas como protagonistas. Sucedió lo mismo con el espléndido libro *El cazador de cometas*: entonces aparecieron el infructuoso tiro de distintos lanzadores de peonza, cazadores de mariposas y angustiosas aventuras de desdichados niños de Oriente Próximo.

Como es natural, ninguna de estas imitaciones ha llegado a alcanzar el corazón y la mente de los lectores porque, cuando esto sucede, es casi siempre fruto de una alquimia misteriosa y no de la astucia de una trama sorprendente o de un buen proyecto de marketing.

Está claro que el marketing puede mucho, como también la manipulación selectiva de los programas televisivos, pero, al final, en la mayor parte de los casos se trata de fuegos fatuos.

En el fondo, las editoriales no demuestran tener demasiado respeto por los lectores si los consideran como algo no muy diferente de una masa indistinta, fácil de manipular. Desgraciadamente, la idea que impera entre muchos directores del mundo editorial es que los libros no son otra cosa que zapatos cuya buena calidad puede ser imitada, usando la misma maquinaria, durante un tiempo si no infinito, al menos muy largo. En cambio, un libro, un buen libro, es algo mucho más complejo, delicado y difícil de gestionar. Ni se hace por encargo, ni se puede imponer.

Creo que muchos de este ambiente me consideran una fracasada porque, después de los millones de copias de *Donde el corazón te lleve,* no he vuelto a repetir un éxito similar. Consideraría un fracaso exactamente lo contrario. Es evidente que hubiera podido escribir no uno, sino diez seguidos, cada vez con menos calidad e intensidad, vendiendo un zapato tras otro y, terminados los zapatos, podría haber sacado al mercado incluso las cajas vacías con mi nombre encima. Pero jamás he pensado, ni siquiera por un instante, que el fin último de la literatura sea el de hacer dinero. He tenido siempre un gran respeto por la inteligencia y la sensibilidad de mis lectores. No son gallinas que desplumar, sino personas con las que realizar un trecho del viaje. De la misma manera que siempre he tenido temor y temblor hacia mi vocación, a la que nunca habría podido traicionar.

Entonces, ¿qué significa escribir?

Si considero el talento como un don, no puedo no imaginar a la genética como una de las vías a través de la cual este don puede difundirse. Abramo Moravia, el antepasado que enlaza al tío Ettore conmigo, no era un intelectual sino un carnicero experto en la shejitá, el sacrificio ritual de animales para la comunidad judía. Empuñando un cuchillo sin mellas, de un hábil tajo cortaba de golpe el esófago, la tráquea y la yugular del animal, de tal manera que éste perdía inmediatamente el conocimiento. La tarea siguiente consistía en desangrarlo y dejar que la tierra absorbiera la sangre caída, limpiando con agua la que quedaba en el cuerpo.

La hoja del cuchillo perfecta, la mano firme, el estar continuamente inmerso en la alternancia entre la vida y la muerte —con un sentimiento en vilo entre el desapego y la compasión, unido a la certeza de cumplir un acto que trasciende por su potencia nuestra comprensión y el consiguiente temor que deriva de ello— son características que el sacrificio de animales y la escritura comparten. Se requiere un conocimiento profundo de la anatomía y tener piedad, pero también es indispensable que la piedad no haga temblar la mano convirtiendo el corte en un suplicio innecesario.

Escribir es un descuartizamiento.

Descuartizamiento de la propia vida que a cada instante se somete a esa tiranía, y de la realidad que aparece ante nuestros ojos. Pero a diferencia del de los nihilistas, éste es un descuartizamiento que adquiere sentido en cada momento. Laceración para que haya luz y no para tener confirmación de las tinieblas.

El tío Ettore tuvo la suerte de morir antes de que se produjeran las grandes atrocidades del siglo XX. En su vida de burgués aparentemente tranquila, percibió con lucidez los crujidos de un mundo hasta entonces muy sólido. Yo, que nací poco después del horror, he sabido de inmediato que aquellos crujidos se habían convertido ya en estallidos.

Escribir significa ir hasta el fondo de las cosas, con lucidez y crueldad, sin dejarse deslumbrar por nada. Cortar con el cuchillo cualquier resto de grasa, eliminar los tendones de los músculos. No debe haber ningún enamoramiento por «las palabras bonitas», ninguna atención a las sirenas del narcisismo que intentan desviarnos.

Todos los libros que he escrito son un viaje profundo al corazón del hombre —el continente más complejo, desconocido y fascinante que podemos explorar.

Todos mis libros atraviesan la oscuridad, no por el placer de hacerlo, sino para descubrir el punto en que, de repente, la oscuridad, misteriosamente, puede transformarse en luz.

Todos mis libros exploran los territorios de la inquietud y de la confusión, porque sólo en el momento en que se es consciente de no tener un camino, se comienza de verdad a buscarlo. Sólo en el momento en que se acepta la inquietud como principio básico, se penetra realmente en la humanidad.

Vivimos en tiempos de una simplificación masificadora, por lo que la inquietud es el más repudiado de los sentimientos. Puedes ser infeliz, claro; es más, debes serlo, porque los objetos que te sugieren que compres no son otra cosa que sucedáneos de la felicidad, pero la inquietud no te es concedida, pues es un estado que produce preguntas y las preguntas requieren respuestas, y, para tener respuestas, hay que emprender el viaje como Abraham y, al final de dicho viaje, tal vez puedas descubrir que no son las cosas las que te dan paz, sino la profundidad de los sentimientos que brotan de tu corazón.

Creo, pues, que los libros existen para hacernos compañía a lo largo de este viaje, para reconfortarnos ante la aspereza del camino. Existen y permanecen con nosotros porque el hombre, ante todo, es memoria y su vida es la vida de las generaciones que lo han precedido. Si no estuviera convencida de esto, no habría pasado una sola tarde sentada a mi mesa; si no lo creyera, jamás habría sometido mis días a esta severa tiranía.

Porque de hecho, además de descuartizamiento, la escritura significa también perder la salud y un extraordinario sacrificio. Sé que estoy totalmente fuera del tiempo, casi como un dinosaurio, porque estos pensamientos y estas reflexiones han sido ya arrollados por la velocidad hiperepidérmica de los tiempos que corren. No obstante, sigo defendiendo con terquedad este pensamiento: el hombre necesita la belleza.

Sin esta apertura, lo que se nos presenta es sólo el mundo del *homo hominis lupus,* de la barbarie. Y la palabra —la palabra creada, la palabra como cimiento— es una de las formas en que se manifiesta la belleza, el vínculo inquietantemente profundo que une al ser humano con su fragilidad.

Ahora, me vuelve a la mente un sueño de hace unos años. Me encuentro en una ciudad de ladrillos rojos que sé que es Ferrara. Es de noche, sucede en el pasado, no hay coches, hace frío y cae una nieve espesa. De golpe advierto una puerta de la que salen luz y calor, decido entrar y empiezo a bajar unas escaleras; son estrechas, tortuosas, recorro varios tramos antes de llegar a una habitación llena de gente. Es un horno, por eso está abierto de noche y por eso por la puerta salían luz y calor. Hay muchas personas con unos delantales blancos atareadas en torno a los fuegos; nadie parece percatarse de mi presencia hasta que un hombre me alcanza, me entrega una bandeja de galletas recién sacadas del horno y me dice: «¡Llévalas arriba!» Las galletas tienen una forma extraña. Observándolas mejor, veo que son *alef*, *beit* y *guimel* —las primeras letras del alfabeto hebraico—. Obedezco y en cuanto salgo, bajo la nieve, sucede una cosa increíble. Las galletas se transforman en muchas y minúsculas llamas.

La esperanza entonces es ésta, que vuelva a nosotros la nostalgia por palabras capaces de arder.

32

Muchas de las personas de las que he hablado en este libro ya no están en este mundo.

El primero en marcharse fue mi padre. Con el tiempo su vida se había vuelto cada vez más solitaria y extraña. Al no suscribir su credo darwinista, me ocupé de él hasta el final en los pocos espacios que dejaba abiertos. Mientras vivía en Roma, cenábamos juntos con cierta regularidad; cuando más tarde me trasladé al campo era él quien venía a verme de vez en cuando.

En los últimos años trabajó en Pomezia, ciudad a la que iba cada mañana con un coche de tercera mano y ya no con un descapotable. Cuando se jubiló a los sesenta y cinco años vino a mi casa para celebrarlo. Para esa ocasión le regalé una pipa y fue feliz como una niño; no paraba de darle vueltas entre las manos diciendo: «En la vida he recibido un regalo.»

«Ahora tendré muchas ventajas —repetía—. El descuento en el cine, en los trenes... y carnet de tarifa reducida para los autobuses.» Veía el período que iniciaba como una edad de oro.

Cuando regresó a Roma se sacó la tarjeta de los transportes metropolitanos y empezó a pasear en los autobuses de la mañana a la noche. A veces me llamaba: «¿Sabes?, es un lujo que un chófer te pasee todo el día.» Con frecuencia mis amigos de Roma me telefoneaban para decirme: «He visto a tu padre en la Tiburtina... en el Portuense... en la Nomentana... en Prati... en la Piazza dei Cinquecento.» «¿Qué hacía?», preguntaba entonces. «Nada», me respondían, «caminaba...», «miraba por la ventanilla...», «estaba sentado en un banco».

A veces desaparecía totalmente del radar, como los barcos en el Triángulo de las Bermudas. Desconectaba el teléfono fijo y como no tenía móvil resultaba imposible hablar con él.

«Moriré a los setenta años, como mi padre —repetía—. Pero también es posible que me mate antes.»

Él me inspiró la solitaria decadencia del profesor Ancona en *Escucha mi voz.*

No había conservado ninguna relación con los amigos de antaño y creo que había archivado el tema «mujeres». Estaba siempre absorto en sus pensamientos, cada vez más inaccesibles; no demostraba en absoluto su edad, parecía más bien un niño; se maravillaba, sonreía por pequeñas cosas, como si viera por primera vez lo que lo rodeaba.

Creo que nunca leyó ninguno de mis libros, pero cuando alcancé el éxito se sentía orgulloso de llevar mi mismo apellido. Más que el éxito en sí, pienso que lo conmovía que, gracias a mis derechos de autor, de alguna manera me mantenía fiel a su credo, que era el de huir de un puesto de trabajo mientras fuera posible. «No permitas que nadie te atrape, no te dejes encasillar —me repetía siempre—, son todos unos mediocres.» Se refería a los periodistas, ya que los conocía muy bien debido a su trabajo como corrector de pruebas en un conocido semanario. Como era un hombre culto, interesado sobre todo en la historia, le horrorizaban las innumerables faltas de gramática que le tocaba corregir.

Cuando finalmente en 1998 lo invité a la inauguración de mi verdadera primera casa, en el campo, no paró de ir y venir repitiendo extasiado: «¡Aquí todo es extraordinariamente grande!» El apartamento en el que vivió los últimos años tenía apenas quince metros cuadrados, tal vez por eso los ciento sesenta de mi casa le parecieron un palacio. Cuando lo desahuciaron de su estudio le compré un apartamento al lado del mío en Roma, pero no llegó a vivir en él.

La última vez que sus pasos resonaron sobre las baldosas de mi casa en el campo fue a mediados de agosto de ese mismo año; acababa de cumplir setenta años y pasamos el día juntos con mi hermano mayor y sus hijas.

Mientras lo acompañaba al coche se volvió de golpe hacia mí y me dijo: «Tengo que hablar contigo cuanto antes, se trata de una cosa importante.»

Su petición me extrañó, en cuarenta años jamás se había dirigido a mí de ese modo. Al cabo de pocos días yo me marcharía de vacaciones a la montaña, así que le prometí que lo llamaría a mi regreso.

Durante sus últimos años había imaginado su muerte muchas veces; estaba casi segura de que encontrarían su cuerpo inerte en una cochera de autobuses, al final del trayecto, o bien desplomado desde hacía días en un banco, con las palomas paseando a su alrededor. Sería un exquisito bocado para los periódicos. «El padre de la famosa escritora muere como un vagabundo», «Lo había abandonado a la soledad y a la indigencia» y otras perlas de este estilo.

En realidad lo hizo mejor.

Cuando regresé de la montaña lo llamé como había prometido, pero no contestó. Era más bien normal, solía hacerlo. Lo intenté de nuevo al día siguiente, a distintas horas, y la situación no cambió. Al tercer día, con una sensación del todo visceral, comprendí que había muerto.

Entonces llamé por teléfono a una amiga de Roma —yo estaba en mi casa, en el campo— y le pedí que fuera a ver si su coche estaba en el garaje. Estaba. Pero no respondía al portero automático. Le rogué que llamara a los bomberos, después hablé con mi madre y le dije: «Creo que papá nos ha dejado.» «Dímelo con seguridad —me respondió— porque tengo que ir al cine con mis amigas.»

Cuando estaba punto de subir al coche para ir a la capital, alguien me llamó y dijo: «Ha muerto, pero no parece que sea de muerte natural. Es probable que lo hayan matado durante un encuentro erótico.» ¿Podía haber banquete más suculento para el espíritu de hiena que caracteriza los medios de comunicación? De hecho, cuando aún estaba en camino, en la autopista, los titulares de las noticias pregonaban: «Encontrado hombre desnudo muerto en la casa de Tamaro.»

A mi llegada a Roma, la multitud de periodistas y cámaras de televisión en el portal de su casa era tan grande que la policía me mandó a buscar con un coche camuflado a la Piazza Clodio. «La policía científica se encuentra ya en el lugar y está recabando datos —me dijeron—. Lo han encontrado desnudo, cubierto de sangre, con una botella de vino al lado y una mesa rota.»

Parece que en la escena del delito había una pistola.

Escoltada por los agentes superé la muralla de flashes

y subí al apartamento, donde vi, con gran alivio, que el juez de turno era Lucia, una de mis más queridas amigas. «No te preocupes, yo me encargo de todo», me dijo enseguida.

Entré y vi a mi padre extendido en el suelo bajo una tela blanca; ocupaba prácticamente toda la casa. Había muchas personas en la habitación, observé que alguien trataba de trepar por el balcón para hacer la foto millonaria: la escritora de libros sentimentales que solloza ante el padre muerto durante una orgía.

No levanté la sábana porque mi amiga había hecho ya el reconocimiento; pedí estar unos momentos a solas con él. Me senté en *seiza** a su lado y lo miré. Sólo una mano y sus cabellos sobresalían de la sábana: cabellos todavía negros, finos, de niño, la mano idéntica a la mía, sólo que un poco más grande.

Al levantar la vista observé que el teléfono estaba desenchufado y comprendí que se había caído mientras trataba de alcanzar el aparato para pedir ayuda. No lejos de su cuerpo, ya señalizado por la policía científica, había una hoja y un rotulador en el suelo; antes de morir había intentado escribir algo. Seguramente era para mí, porque sabía que yo era quien lo encontraría. En el folio, sólo una línea recta; podía ser cualquier cosa, pero quién sabe por qué, me pareció ver el inicio de una P. La P de perdón.

Sumidos en un profundo silencio permanecimos largo rato, él y yo, solos.

Me acordé entonces de una de las últimas veces que

* Posición tradicional japonesa sentada sobre los talones, comúnmente utilizada para la meditación zen. *(N. de la t.)*

habíamos cenado juntos. «¿Sabes? —me confesó esa noche—, toda la vida he intentado comprender qué es el amor, pero no lo he logrado. Ahora me siento muy perdido.» Al ver que se le saltaban las lágrimas, callé, y me vino a la mente la frase que a su padre le gustaba repetir en cuanto lo veía: «¡Eres tú quien debió morir y no Marisa!» Tomé entre las mías su mano grande, rígida y fría, la acaricié y le dije: «Ahora lo sabes. El amor somos nosotros, la vida que has generado.»

Unos días más tarde, en el pequeño pueblo donde vivo, celebramos el funeral a escondidas, como miembros de una sociedad secreta. Queríamos evitar la prensa que, en sólo dos días, se había prodigado en publicar artículos de una insólita obscenidad. Desde que era famosa, lo había abandonado en la miseria, había escrito el intachable mediocre de turno.

Naturalmente, se descubrió que no había sido asesinado sino que había tenido una hemorragia interna producida por una cirrosis hepática.

Mi madre vino de Trieste para el funeral, con la preocupación de que la iglesia pudiera estar vacía. «Estaba solo como un perro —decía—. ¿Quién quieres que venga? Será horriblemente triste.»

En cambio, la iglesia estaba llena; en efecto, había muchas personas que me querían. Mientras seguíamos el féretro a pie a lo largo de la carretera bordeada de encinas que conducía al cementerio, mi hermano menor dijo: «No tengo la menor idea de quién es la persona cuyo ataúd estoy siguiendo.»

Transcurridos unos días, mi madre me confió que, llegado el momento, quería ser enterrada con él en vez de con uno de sus otros maridos. «Con él, con Giovanni, el padre de mis hijos; el hombre que he amado siempre.»

Desgraciadamente, hacía tiempo que mi abuela había fallecido. La muerte se la llevó en 1992, pero hacía ocho años que su mente había entrado en el túnel del Alzheimer.

Las dos habíamos hecho un pacto: viviría al menos hasta los cien años y con buena salud, como lo habían hecho su madre y la mayoría de sus amigas, pero ella traicionó el pacto. Aparte de *Illmitz* no pudo leer ningún otro libro mío, ni alegrarse de que al fin lograra publicar uno, porque las tinieblas ya la habían envuelto.

Ha sido mi alma gemela, la gran amiga de mi vida, y tenerla que acompañar a lo largo del túnel de la enfermedad ha sido una de las desolaciones de mi existencia.

La tía Letizia, siete años mayor que mi abuela, murió más o menos en el mismo período. Me enteré en un motel de Wolfsburg, durante el viaje promocional de mi primer libro.

La última vez que fui a verla, en el momento de despedirnos me entregó un sobre. Esperé hasta llegar al paseo marítimo de Barcola para abrirlo. Con su bonita y regular caligrafía, a lápiz, había escrito unos versos. Describían la extenuadora impaciencia de una madre que no consigue morir para regresar junto a sus hijos.

Caminé hasta el castillo de Miramare, esforzándome por contener las lágrimas.

Mi madre pensaba que genéticamente y por carácter estaba destinada a tener una larga vida. En cambio, se fue a una edad —setenta y dos años— que hoy en día se considera como joven, dejándonos del todo abatidos. Nosotros, sus hijos, habíamos crecido con la certeza de que ella nos enterraría. De hecho, mi bisabuela Dora —fallecida en el umbral de los cien años—, cuando mi abuela, su hija, iba a verla, le decía: «Elsa, no sé lo que voy a hacer cuando tú te mueras...»

En su fuerza fuera de lo común, hacía tiempo que se habían abierto grietas y, por esas grietas, como en los grandes árboles que caen desplomados por un hongo o un coleóptero, se había insinuado el mal que en poco más de un año la llevó a la muerte entre atroces sufrimientos.

Haberse convertido en viuda —y sobre todo en abuela— con los años la había endulzado un poco.

Entre una viudedad y otra, volvimos a frecuentarnos. Cuando no estaba obligada a hacer de madre, era una persona deliciosa, divertida, alegre, irónica, con la que resultaba imposible aburrirse.

Debería odiarla por cómo me había tratado, en cambio he escogido el camino más largo y difícil del perdón. ¿De qué me serviría el odio cuando ella muriera? Habría permanecido clavado para siempre en mi corazón como una esquirla helada.

El odio es un veneno del que hay que librarse cuanto antes porque en él no existe ninguna posibilidad de que resurja la vida.

Sabiendo lo importante que es la memoria, era consciente de que sería horrible sobrevivir teniendo, en lugar de una madre, un agujero negro; ¿cómo habrían podido colmar las señoras B, C, D, E el gran vacío que había a mis espaldas?

Así pues, en un momento dado, decidí sumergirme de nuevo en las tinieblas e ir a buscar a la señora A. ¿Dónde había ido a parar la inagotable tejedora de mantitas?

Una vida sabia es la que busca la unidad; sin embargo, mi madre, a lo largo de sus días, no ha hecho otra cosa que perseguir la multiplicidad. Creo que el momento clave fue el del derrumbe del sueño familiar; a partir de ahí adoptó infinitos rostros, a cual más infeliz.

Una vez sola, con una hija que sabía ocuparse de ella —y de la que ella no debía ocuparse—, pudo finalmente bajar la guardia. Realizamos juntas dos viajes memorables: uno a Israel, el otro a Namibia. En verano me la llevaba de camping. Le encantaba aquella vida de catres chirriantes, de arena, de picnic con latas de conserva. Quizá por primera vez en su vida se sentía libre.

Un día, mientras la miraba descansar bajo unos pinos, pensé que tal vez, en ese instante, era verdaderamente feliz. ¿Y qué otra cosa desea un hijo sino la felicidad de la propia madre?

Creo que mi madre ha agradecido que yo no la juzgara nunca; no verse juzgada le ha permitido abrir un resquicio hacia el amor, hacia aquello que habría querido ser y no fue capaz de ser.

Para mis cuarenta años me regaló una raíz de tilo pulida que representaba claramente la figura de una madre con su hijo en brazos. Más tarde, poco antes de enfermar, deslizó en mis manos discretamente una cajita de madera con un pequeño corazón dibujado encima y dentro una nota: «Te quiero, aunque no te comprendo.»

La acompañé durante toda la parte final de su enfermedad y he estado a su lado en el momento de la muerte, he sentido cómo su mano se enfriaba en pocos instantes. Considero un gran privilegio poder estar al lado de un moribundo.

Eran las cinco y media de la mañana. Rugía una bora furiosa, una bora con nieve y hielo, como el día en que vine al mundo. Abrí la ventana y dejé entrar el viento en la habitación, permitiéndole a ella salir. Mientras esperaba al médico forense y fuera clareaba, recordé lo que me había confiado una vez: «De niña me sentía muy sola. Un día, en el jardín, encontré un bulbo de narciso y entablé amistad con él, lo llevaba conmigo todo el día y por la noche lo ponía debajo del cojín.» Todos necesitamos el perdón, todos necesitamos la misericordia.

En el salón, me quedé largo rato mirando, en la cesta de los ovillos de lana, el jersey que me estaba haciendo y que nunca podría terminar. Como la protagonista de «Bajo la nieve»,* durante toda su vida, increíblemente, no ha hecho otra cosa que tricotar decenas de magníficos jerséis para mí. Tal vez con ellos ha intentado transmitirme el calor que no había logrado darme de otra manera.

Al día siguiente de su muerte, en su mesilla de noche, escondida entre otras, encontré un número de la revista *Mani di fata*** de 1957: en ella, intacto, estaba el dibujo de mi mantita rosa, celeste y blanca.

* Uno de los cinco cuentos del libro de la misma autora, *Para una voz sola*, Seix Barral, Barcelona, 2000. *(N. de la t.)*

** Manos de hada. *(N. de la t.)*

33

Finalmente, mis padres, Giovanni y Anna Livia —mi madre se llamaba así en honor de Anna Livia Plurabelle, del *Ulises* de James Joyce, amigo de la familia—, descansan, uno junto al otro, en un pequeño cementerio en una colina del centro de Italia.

Mi madre sonríe radiante en la foto, mientras que mi padre mira hacia otro lado, como en el día de la boda. Ante sus tumbas hay un banco, y cuando voy a verlos me siento en él y paso un rato con ellos.

Cuando llega el buen tiempo le llevo a mi madre sus flores preferidas, en invierno voy a podar su rosal y a quitar las hojas muertas. Observo sus rostros y trato de comprender qué rasgos me han quedado de ellos. En cuanto a bienes materiales, como ambos murieron pobres, me han dejado muy pocas cosas. De mi padre recibí un pequeño busto de madera de Buda; un elefantito indio, también de madera; sus libros; su coche de tercera mano; un par de millones de liras en el banco que quedaban de su liquidación; una tarjeta para el mes de septiembre de 1978 de la Compañía de Transportes Metropolitana, y una caja de cartón que contenía una vajilla. La herencia de mi madre consistió en un perro, el suyo, un fox terrier viejo y rabioso —que nada más llegar a mi casa en el campo destrozó a mis adorados gatos—; dos anillos; un cuaderno de recetas; una cesta de ovillos de lana —los restos de todos mis jerséis—, y una caja de cartón con otra vajilla. Por alguna incomprensible razón, las dos vajillas son casi iguales —ambas de loza con dibujos típicos de la región de la Puglia.

La escasa herencia material compensa la abundancia de rasgos heredados. Ahora que he rebasado la mitad de mi vida sé que me parezco mucho a mis padres.

De mi madre tengo la fuerza de carácter, la capacidad de superar siempre y en cualquier circunstancia las dificultades con una sonrisa en los labios, la alegría, la pasión por cada instante de la vida; con ella comparto también el placer de hacer cosas con las manos: cocinar, cuidar el jardín, dibujar, bordar y todo tipo de bricolaje.

De mi padre, en cambio, el ser inaprensible, la total indiferencia por lo que es exterior y que seduce a la mayoría, el alejamiento de todo grupo de poder, de toda la falsedad que pervierte las relaciones entre las personas. Como él, soy incapaz de someter las relaciones a una eventual finalidad. Como él, tengo un espíritu vagabundo, rebelde a cualquier forma de definición.

El pesado lastre de negatividad que han colocado sobre mis espaldas me ha producido un dolor a veces difícil de soportar, pero precisamente gracias a ese lastre he podido llegar a ser quien soy.

Si soy una persona apacible es porque sé que puedo ser también muy violenta. Si soy valiente es sólo porque mi sentimiento predominante es el miedo. Si sé escribir historias que llegan al corazón de muchos es porque mi corazón está constantemente abierto y dispuesto a acoger las inquietudes, las contradicciones y los sufrimientos del mundo.

Vivir es un continuo camino de transformación, es lo que caracteriza al hombre. Los animales viven en una inocente circularidad, nosotros en cambio nos sentimos siempre incitados a avanzar, a comprender nuestros errores y nuestros defectos y saberlos transformar en cualidades.

Luchar para que la Luz conquiste cada vez más espacio en nosotros, sustrayéndolo a la oscuridad, es el trabajo que le espera a cada persona que persiga la búsqueda de la verdadera libertad. No habría podido afrontar esta extraordinaria aventura si mis padres no me hubieran ofrecido el don de la vida, y por ello les estaré eternamente agradecida.

¿Acaso fue Gianna, la feliz compañera de nuestras tardes, la fuente afectiva de nuestra supervivencia?

Nunca me resigné a su desaparición. Cuando iba a Trieste esperaba encontrármela por la calle, consultaba la guía telefónica en busca de una señal, un indicio. Una vez, le pregunté a mi madre:

—¿Cómo es posible que no hayas sabido nunca nada de Gianna?

—He oído decir que se casó y se fue a vivir a Australia —me respondió, imprecisa.

¡A Australia! ¿Cómo podría encontrarla allí?

Me había resignado ya a convivir con ese vacío en el corazón cuando, hace un par de años, recibí un e-mail en mi web oficial. Era de Umberto, el compañero de Gianna. Me escribía que ella estaba apagándose lentamente y que desde siempre había vivido con el deseo de volver a ver a «sus niños», pero temía molestar, ni siquiera estaba segura de que nos acordáramos de ella. Me escribía sin que ella lo supiera, para ver si era posible darle esa alegría antes de su muerte.

Ese e-mail desató una tremenda tempestad emotiva tanto en mí como en mi hermano. Sólo en ese instante me percaté de que durante más de cuarenta años había caminado sobre una fina placa de hielo. Ahora el hielo se había roto y nos hundíamos en el abismo que se había abierto bajo nuestros pies. El abismo del abandono, del dolor que no conoce consuelo.

Gianna no vivía en absoluto en Australia sino a pocos kilómetros de Trieste, no lejos de la escalinata de Redipuglia, que tanta ansiedad me había producido en la infancia.

En cuanto pude fui a verla. En el coche estaba muy nerviosa. «¿Cómo será? —me preguntaba—. ¿Seguirá habiendo algo entre nosotras o será simplemente una pura formalidad?» No sabía nada de su vida, era aún muy joven cuando estuvo con nosotros; tal vez se había convertido en una persona con la que no tendría mucho de lo que hablar.

¡Qué alivio cuando descubrí el lugar donde vivía!

Una casita de campo blanca, luminosa, con perros y gatos que dormían tranquilamente sobre la hierba, rodeada de un pequeño huerto, un árbol de palosantos y una viña.

Cuando entré, vi a Gianna acostada en la cama, en compañía de tres o cuatro gatos que ronroneaban y le daban calor. Había leído todos mis libros y le habían gustado mucho, me dijo, y me había seguido con discreción a lo largo de todos esos años. Con su querido Umberto compartía mis mismas pasiones: los viajes sobre dos ruedas, las vacaciones en tienda de campaña, cultivar un huerto, una viña, el amor por los paseos, por la vida simple y por los animales. Había trabajado toda su vida como enfermera y cuando se jubiló, junto a su compañero, también él jubilado de los astilleros, se puso a recorrer Europa a pie, en peregrinación.

Gianna era una persona maravillosamente libre, por eso desde niña la sentía tan cerca. Poder tener una última vez su mano entre las mías ha sido un regalo extraordinario.

Murió dos días antes de que saliera *Para siempre*, mi último libro. Cuando comprendió que no podría leerlo, le pidió a Umberto que comprara un ejemplar y que lo pusiera junto a ella, en su tumba.

Así lo hizo, y finalmente, estamos juntas. Para siempre.

De todas las personas que he recordado en estas páginas, la más longeva ha sido precisamente la más enfermiza, Maria, la amiga íntima de mi abuela, la columna de mi senil triunvirato.

Murió en el mes de marzo del 2011, a los ciento tres años.

Había ido a verla hacía poco. Llevaba mucho tiempo sin salir de casa y vivía relegada en una silla de ruedas. Recibía mis visitas con alegría infantil: «¡Qué encanto! —decía—. ¡Siempre te acuerdas de mí!»

Como sucede con frecuencia en las personas mayores, su atención iba y venía, y un velo cubría sus ojos volviéndolos opacos, similares a los de los recién nacidos. Se pasaba el día sentada mirando un árbol desnudo por la ventana; su felicidad consistía en observar a los gorriones, los carboneros y las tórtolas disputarse las migas que hacía poner en el alféizar por las mañanas.

Aquel día, la penumbra envolvía la habitación. Cogí una silla y me senté a su lado; nunca me había atrevido a tutearla: la recordaba en el colegio, con la bata azul de maestra, saliendo del aula al lado de la mía.

—Maria, ¿cómo pasa el tiempo? —le dije—. ¡Los días son tan largos!

Ella se volvió, me miró un buen rato antes de contestar, después sonrió.

—¡Bendigo! Bendigo a mis alumnos, a todos mis alumnos, sobre todo a los que más lo necesitan.

—¿Los recuerda a todos? —pregunté.

—No he olvidado ni un solo rostro.

Luego permaneció en silencio. El viento ululaba haciendo temblar las puertas y ventanas, las ramas del árbol delante de la casa parecían querer arañar el aire.

De repente, tendió los brazos hacia el cielo agitando las manos como un director de orquesta y dijo:

—¡Y además bendigo la vida! ¡Bendigo los árboles, las prímulas, la bora, las tórtolas y los gorriones, los niños, las malas hierbas! Porque todo es santo, todo es bendito.